Sire, ich eile...

Voltaire bei Friedrich II.

Hans Joachim Schädlich

ヴォルテール、ただいま参上！

ハンス＝ヨアヒム・シェートリヒ

松永美穂 訳

CREST BOOKS

Shinchosha

クリスタ・マリア・シェートリヒに捧ぐ

"SIRE, ICH EILE..." VOLTAIRE BEI FRIEDRICH II. EINE NOVELLE
by
Hans Joachim Schädlich

Published by arrangement with Meike Marx Literary Agency, Japan
"The translation of this work was supported by a grant from the Goethe-Institut which is funded by the German Ministry of Foreign Affairs".

GOETHE
INSTITUT

Illustration by Koichi Terasaka
Design by Shinchosha Book Design Division

ヴォルテール、ただいま参上！

主な登場人物

〈フランス〉

ヴォルテール 本名フランソワ・マリー・アルエ。十八世紀フランスの啓蒙思想家。

エミリー・ド・シャトレ ヴォルテールの愛人となる侯爵夫人。知的な女性で、ニュートンの『プリンキピア』を英語からフランス語に翻訳。

シャトレ侯爵 エミリーの夫。陸軍中将になる。趣味は狩猟。

リシュリュー公爵 シャトレ家の友人で、ヴォルテールとは学生時代から親しかった。

フルーリー枢機卿 聖職者であるだけでなく政治家としても活躍。ルイ十五世の家庭教師を務め、後に宰相となった。

ルイーズ・ドゥニ ヴォルテールの姪。後に彼の愛人となる。

サン＝ランベール侯爵 エミリーの愛人。彼女に子どもを生ませる。

〈プロイセン〉

フリードリヒ二世 十八世紀プロイセン王国の啓蒙専制君主。若いころからヴォルテールに傾倒し、彼を宮廷に招いた。

ミヒャエル・フレーダースドルフ フリードリヒ二世に王子時代から仕えた侍従。

モーペルチュイ フランスの天文学者・数学者。プロイセン宮廷に招かれ、ヴォルテールの敵となる。

フライターク 帝国自由都市フランクフルトにおけるプロイセン公使で軍事顧問官。王の命を受けてヴォルテールをフランクフルトに足止めするだけでなく、さんざん嫌がらせもする。

第一部

1

ヴォルテールは窓から外を眺めていた。ちょうどサン・ジェルヴェ教区教会の正面入り口が見えていた。

ロンポン通りにある古い家は、教会の鐘が鳴るだけでカタカタと振動したが、ヴォルテールは気にしない風を装っていた。教会正面の古典様式は彼のお気に入りだった。それに、あの教会のオルガニストはクープラン家の一員だ。

ヴォルテールは狭い通りのなかで、別のものも視野におさめていた。藁を商っているデュムラン氏の邸宅だ。デュムランは、藁から紙を作ることを思いついた。だが、資金をどうすべきか？　そのとき、ヴォルテールがデュムランに資金を提供した。

デュムランは包装紙を生産し、商売は大当たりだった。そしてヴォルテールは、製紙工場の所有者になった。

自分の戯曲『ザイール』が一七三二年八月にコメディー・フランセーズで華々しく上演されただけでは、ヴォルテールにとって充分な成功とはいえなかった。金儲けが必要なのだ。

明るい夏の夕べだった。

ヴォルテールは、一台の馬車が狭い通りをこちらへ向かってくるのを見た。馬車は家の前で止まった。

フォルカルキエ伯爵と、彼の愛人のサン・ピエール公爵夫人が馬車から降りてきた。それからもう一人……でもそれは、ヴォルテールの知らない女性だった。

家には何もなかったけれど、ヴォルテールは彼らに向かって、「夕食を召し上がっていってください」と呼びかけた。

するとフォルカルキエが答えて、「郊外に食事に行くのですが、一緒にいらっしゃいませんか」と言ったのだった。


ヴォルテールは馬車で、見知らぬ女性の隣に座った。フォルカルキエが彼女を紹介してくれた。シャトレ侯爵夫人だ。

ヴォルテールはすぐに、この若い女性がずっと前からの知り合いであることに気づいた。ガブリエル・エミリー・ル・トヌリエ・ド・ブルトゥイユだ。父であるブルトゥイユ伯爵の館で、彼女に会ったことがある。彼女は一七二五年に、シャトレ＝ロモン侯爵と結婚させられていた。

四人はシャロンヌまで行き、田舎の料理屋に入った。料理屋でも、ヴォルテールはシャトレ夫人の隣に座った。その晩以来、二人は離れられなくなった。

それは恋だった。

フランソワとエミリー。

2

エミリーの夫、シャトレ＝ロモン侯爵は、ロモンの伯爵であり、シレイの領主でもあった。彼は三十歳ですでに陸軍少将になっていた。一七四四年には陸軍中将にまでなったが、それ以上昇進することはなかった。

彼は世襲の荘園領主であり、パリにも豪壮な邸宅を持っていた。シャトレ館だ。ずっしりと体重の重い男で、エミリーよりも頭一つ分背が高かった。趣味は狩猟。極上の食事とワインを好んだ。

侯爵は戦争の話が好きだった。エミリーが好きなのは哲学の話だった。

一七二五年の九月、エミリーは最初の妊娠をした。一七二六年六月に娘のフランソワーズ・ガブリエル・ポーリーンが生まれ、ただちに乳母の手に委ねられた。

エミリーは毎日娘に会ったが、短い時間だけだった。

フランソワーズ・ガブリエル・ポーリーンが生まれて間もなく、エミリーはまた社交界に復帰した。夫は軍隊に戻っていった。

夫が若い愛人を囲っていることをエミリーが耳にするまで、長くはかからなかった。アルザス出身の美人という噂だった。夫はエミリーに、おまえにも愛人を持つ権利がある、と知らせてきた。

エミリーはロベール・ド・ゲブリアン侯爵と付き合うことに決めた。ド・メルボワ元帥の甥だ。美男子だったが、見栄っ張りで教養がなく、退屈な男だった。

エミリーはすぐに彼と別れ、今度はピエール・ド・ヴァンセンヌ伯爵を選んだ。伯爵はエミリーより背が低く、太っていた。しかし彼は形而上学に詳しいことで知られており、それがエミリーを引きつけた。

一七二七年の初めには、ヴァンセンヌとの情事も終わった。

エミリーの夫が軍隊から戻ってきて、彼女を再び妊娠させた。そうして一七二七年十一月に生まれたのが、ルイ・マリー・フロランだ。

リシュリュー公爵が、ときおりシャトレ館の夕食にやってきた。公爵の正式な名前はルイ・フランソワ・アルマン・ドゥ・プレシー。ルイ十三世のもとで総理大臣も務めた、リシュリュー枢機卿の甥の息子である。リシュリュー公爵の妻は一七二九年の夏に亡くなった。彼は一年間喪に服し、ヴェルサイユの宮廷から遠ざかっていた。しかし、友人たちの家の夕食には顔を出したのである。

シャトレ家は、リシュリューの友人だった。

エミリーはずっと前から彼を知っていた。彼女の母が、リシュリュー公爵夫人の親戚だったのだ。リシュリューはエミリーの美しさだけでなく、その知性に強く魅せられていた。

一七二八年十一月、ヴォルテールは亡命先のイギリスからフランスに戻ってきた。まずはサン・ジェルマン・アン・レーに落ち着き、一七二九年四月にパリに移った。

ルイ・ル・グラン校での学生時代から、ヴォルテールはリシュリュー公爵と親しくしていた。二人はお互いに訪問しあい、リシュリューはヴォルテールに、エミリーとの会話について話した。

ヴォルテールはエミリーにほとんど興味を抱かなかった。当時の彼は、知的な女性の存在を信じていなかったのだ。

一七三〇年の秋、エミリーはリシュリューの愛人になった。彼の文学や哲学に寄せる関心が、哲学や形而上学の本を愛読する彼女の関心と合致したのだ。彼女は数学と物理学に取り組んでいた。そして、ラテン語詩の翻訳を練習していた。

リシュリューとエミリーは、関係を解消した後も、エミリーが死ぬまでずっと友人であり続けた。

3

ヴォルテールとエミリーが出会った一七三三年の夏、ヴォルテールは三十八歳だった。エミリーは二十六歳だ。

ヴォルテールはまるで学生のように恋愛に夢中になってしまった。

エミリーはリシュリュー公爵に、自分にとってはヴォルテールこそが理想の男性の化身だと、書き送った。

二人とも、古いしきたりを軽蔑し、パリの人々を驚かすことに、大きな喜びを覚えていた。愛人とオペラに行くことは身分ある男性にとってはタブーだったのに、彼らは連れだってオペラに出かけた。男とその愛人が一緒に王の前に出ないのは自明のこととされていたのに、二人は一緒にヴェルサイユ宮殿に行き、謁見の間に足を踏み入れた。ヴォルテールがエミリーのいるシャトレ館に泊ったり、エミリーがヴォルテールのロンポン通りの家に宿泊したりした。

シャトレ侯爵は介入すべきではなかったのだろうか？

リシュリュー公爵とソフィア・ド・ギーズ公爵令嬢がモンジューで結婚式を挙げたとき、エミリーの夫とヴォルテールは互いに顔を合わせた。

シャトレ侯爵は自分の愛人であるアンジュー嬢と一緒にモンジューに来ていた。彼はヴォルテールを感じのいい男だと思い、ヴォルテールもシャトレ侯爵に好感を抱いた。

エミリーは夫の愛人に対して、何の反対もなかった。夫の方でもエミリーの愛人を受け入れてくれたからだ。

一七三三年、ヴォルテールは『趣味の神殿』を出版した。この本は、彼が容赦なく批判した多くの作家や芸術家たちの敵意を招くことになった。

もはや、アカデミーの会員になることは考えられなかった。

それだけではなかった。

一七三四年、彼は官庁からの印刷許可を得ないまま、『哲学書簡　イギリス国民についての書簡』を出版した。第六の書簡の末尾に、彼はこう書いた。

「もしイギリスにただ一つの宗教しかなかったとしたら、独裁政治を恐れねばならなかっただろう。もし二つの宗教だけだったら、彼らは互いに首を掻き切ることになっただろう。しかし、彼らは三十にも上る宗教を持っていて、幸せに、平和に暮らしている」


第十の書簡にはこう書かれている。

「フランスでは誰でもなりたければ侯爵になれる。そして、田舎からパリにでてきて金をばらまくことができ、名前の最後に ac や ille がついている男なら誰でも、『わたしのような男は』とか、『わたしのような身分の者は』と言うことができ、商人をこっそり軽蔑することができる。(中略) しかしわたしには、どちらが国家にとって役に立つのかわからない。かつらに粉をはたき、国王がいつ起き上がり、いつ就寝するかを正確に知っており、大臣の控室で奴隷の役を演じているときにもどことなく不遜な態度をとる紳士か、それとも国を豊かにし、(中略) 世の繁栄のために貢献する商人か」

ヴォルテールの自由を求める精神と、進歩への信頼は、教会や国の権威を担う人々にとっては目に余るものだった。

　まだモンジューにいるあいだに、ヴォルテールの許にパリからの知らせが届いた。『哲学書簡』が議会の議決によって出版を禁じられ、死刑執行人の手で焚書に処せられるというのだ。もしヴォルテールがパリに現れたら、逮捕され、バスティーユに監禁されることになっていた。ヴォルテールは監獄に入る気はなかった。すでに一七一七年と一七二六年、バスティーユに投獄されたことがあったのだ。

4

一七一九年以来ヴォルテールと名乗るようになったフランソワ・マリー・アルエは、一七二五年の十二月に、コメディー・フランセーズにおいて、女優のアドリエンヌ・ルクヴルールの楽屋で、シュヴァリエ（男爵の下の位）のギィ・オーギュスト・ド・ロアンに出会った。

　このシュヴァリエは、ヴォルテールが平民の出なのを軽蔑した。

彼は言った。「アルエ？　ヴォルテール？　それとも別の名前でしたっけ？」

ヴォルテールは言った。「わたしは、自分が受け継いだ名前の名誉を傷つけるような輩ではありません。むしろ、自分で自分に与えた名前を不滅のものとするのです」

ロアンは侮辱されたと感じ、杖を持ち上げた。

ヴォルテールは剣を抜いた。

アドリエンヌ・ルクヴルールは緊迫した事態に直面して気絶したふりをし、両者はそこで別れたのだった。


数日後、ヴォルテールは、かねてから親しくしていたスリー公爵、マクシミリアン・アンリ・ド・ベトゥンのところで食事をしていた。

食事中、ヴォルテールに一枚のメモが渡された。使いの者が外に来ていて、ヴォルテールへの重要な伝言があるとのことだった。

サン・アントワーヌ通りに面した屋敷の前には、二台の馬車が停まっていた。先頭の馬車から誰かが呼んだ。

「こちらへいらっしゃい！」

ヴォルテールは馬車のそばに歩み寄った。すると覆面をした人間が三人飛び降りてきて、杖でヴォルテールに打ちかかった。

後ろの馬車から、ロアンの声が聞こえてきた。

「いいぞ！　アルエは面の皮が厚い。ちょっとぐらい殴られても、我慢できるはずだ」

ヴォルテールは屋敷のなかに駆け戻った。スリー公爵に助けを求めたが、彼はどっちつかずな態度をとった。ロアンは有力な貴族の家系に属しており、誰も彼とことを構えたいとは思わなかった。ロアンに比べれば、ヴォルテールは平民出身の作家に過ぎなかったのだ。


憎しみに駆られたヴォルテールは、復讐したいと思った。剣術の指導者のもとで、剣の使い方を訓練した。彼はロアンに決闘を申し込んだ。ロアンは受けて立ったものの、一族の人々に、自分をヴォルテールから守ってくれるよう懇願した。一族は自分たちのコネを活用した。首相であるブルボン公爵は、ヴォルテールを逮捕させ、バスティーユの監獄にぶち込んだのである。

5

ヴォルテールは、リシュリュー公爵の結婚式が終わってもパリに戻るまいと決心した。

エミリーの方は、いまではリシュリュー公爵夫人となったソフィア・ド・ギーズと、モンジューからパリに帰った。

しかしヴォルテールの方は一七三四年の十月にシレイ・スール・ブレーズに赴き、シャトレ家が昔から所有している城に引きこもった。

エミリーとごくわずかな親しい友人を除いては、誰もヴォルテールの隠れ家を知らなかった。

その城は、ヴォルテールにとって好都合な場所にあった。独立国とみなされているロレーヌ公国の国境近くで、オランダに向かう幹線道路も近くにあった。その気になれば、ヴォルテールは急いでフランスを立ち去ることができたのだ。

ただ、シレイ城は老朽化していて、充分な家具もなかった。ヴォルテールはたくさんの職人たちを呼んで建物の修繕をさせ、仲買人から家具を買い取るなどした。

一七三四年のクリスマス、ようやくエミリーがシレイに来てくれた。

ルイ十五世のもとで大臣として中心的な役割を果たしていたアンドレ・エルキュール・ド・フルーリー枢機卿は、国政をおろそかにまでしてヴォルテールを追及していたのだが、どうやら、高名なヴォルテールをしつこく追いかけない方がよいという結論に達したようだった。

ヴォルテールのような人を逮捕させることで、枢機卿の方が嘲笑の的になりかねなかったのだ。

エミリーはヴォルテールを危険にさらすことなく、シレイに行くことができた。五台の馬車に守られて旅をしたのだが、数日後に追加の馬車を送るように指示を出した。彼女は本とドレス、侍女と召使、子どもたちと料理人を連れてシレイにやってきたのだった。

エミリーの夫は自分の城が勝手に修繕され、新しい家具が入っても、何の反対もしなかった。彼がその費用を負担する必要はないのだし、城に住んで、自分のやりたいことができたからだ。彼が好きだったのは、城を囲む森での狩り。その森も、もちろん彼の所有地だった。

エミリーはただちに城の修繕作業の指揮をとり、最終的に調度を整える際にもそれを監督した。彼女はヴォルテールの金を惜しみなく使った。家具、絨毯、壁紙、レースのカーテン、厚手のカーテン、食器、寝具類。それどころか絵画まで、パリから取り寄せた。

彼女はそうしながらも、勉強の計画を忘れず、自分やヴォルテールのために、イギリスやオランダやスイス、そしてもちろんパリにも、書籍を注文した。一七三四年のうちに、シレイ城には少なくとも二万冊の本が並ぶことになった。

エミリーの熱心さに、ヴォルテールは翻弄されていた。彼は城の修繕を彼女に任せ、書き物机での仕事に戻っていった。

一七三二年、彼は『ルイ十四世の世紀』を書き始めた。一七三三年にも、まだ執筆は続いていた。彼はシレイで、この仕事を再開した。『オルレアンの処女』の執筆も始まった。この二つの仕事が、一七三五年にもヴォルテールを拘束していた。

城の改築や修繕が終わると、ついにエミリーも、好きな勉強と向き合うことができた。偉大なヴォルテールと美しく教養のある愛人エミリーは、シレイで幸福を感じていた。恋人同士として、知的な執筆者として、友人として。

6

ブルトゥイユとプルイリィの伯爵であったルイ・ニコラ・ル・トヌリエとその妻ガブリエル・アンヌ・ド・フルーレの娘であったエミリーは、幼いころから数学や物理、哲学や言語について、行き届いた教育を受けてきた。彼女が受けた授業には、歌やダンス、乗馬やフェンシングなども含まれていた。

エミリーが十八歳のときに結婚したシャトレ侯爵も、彼女に勉学を続けるようにと勧め、妻のため、パリの館に有名な学者たちを迎え入れた。

彼女は後にプロイセンの王立科学アカデミーの会長になるピエール・ルイ・モロー・ド・モ

ーペルチュイから数学、ことに代数を、アレクシス・クロード・クレローからは物理学の授業を受けることができた。

エミリーはライプニッツやニュートンの著作を読んだ。

物理学の実験もやってみた。

シレイ城の増築部分に、エミリーとヴォルテールは物理学の実験室を作った。

彼女はラテン語や英語の本の翻訳も行った。

ザムエル・ケーニヒやヨハン・ベルヌーイやフランチェスコ・アルガロッティと文通もした。

彼女はプロイセンの王子フリードリヒとも連絡を取り合っていた。

一七三五年にはマンドヴィルの『蜂の寓話』を翻訳し始めた。

注解のなかで、彼女は次のように書いている。

「もしわたしが王であったなら、人類の半分を冷遇するような搾取をなくすだろう。女性たちにすべての権利を与え、特に知的な権利を保障するだろう……。わたしは幸運なことに、教養ある人々の友人となることができた。そうなって初めて、自分が知的な人間であることを理解したのだ」

同じ年に、彼女が翻訳したヴェルギリウスの『アーエネイース』が出版された。

ヴォルテールと一緒にシレイにいた歳月は、エミリーにとってもっとも充実した日々であった。

彼女は一七三七年に、「火の性質について」という論文で、科学アカデミーのコンテストに応募した。賞はもらえなかったが――受賞したのはスイスの数学家レオンハルト・オイラーだ――、彼女の論文は一七四四年に、他の論文と一緒にアカデミーから出版された。

一七三七年、彼女は聖書についての注解「創世記についての考察」も書き始めた。

ヴォルテールとエミリーは、一緒に『ニュートン哲学入門』を執筆した。この本は一七三八年にヴォルテールの名前で出版されたが、彼は序文でエミリーが執筆に参加したことを強調している。

二人はシレイ城で、朝から夜遅くまで、厳密なプランを立てて仕事をしていた。だが、客と会うこともあった。ヴォルテールは城の内部に小さな劇場を作らせた。そこでヴォルテール作の戯曲が上演され、エミリーが主役を演じた。

一七四〇年、エミリーの『物理学概説』が出版された。彼女はエネルギーと質量と速度の関係について論じた。彼女の定理は、ある物体が持つエネルギーが、その質量と速度の二乗に比例する、というものだった。

一世紀半の後、一九〇五年に、アルベルト・アインシュタインが、物体の持つエネルギーは質量×光の速度の二乗、という法則を打ち立てる。

つまりエミリーは、アルベルト・アインシュタインの先駆者だったわけだ。

一七四五年、彼女はニュートンの『プリンキピア』を翻訳し始めた。彼女は一七二六年にニュートンの監修のもとに出版されたラテン語の第三版を底本にしていた。

さらにエミリーは、『幸福論序説』を執筆した。

エミリー・ド・シャトレ――彼女と対等に話せるのはヴォルテールだけだった。彼はエミリーを、「神のような恋人」と呼んだ。

イマヌエル・カントは次のように書いている。

「理性と学問を優先させた彼女は、あらゆる女性よりも、そして男性の大部分よりも、すばらしい成果を手に入れている」

7

プロイセンの王子フリードリヒは、王になるまでの修行期間をラインスベルク城で、哲学の命題について考えたり、詩の創作や音楽演奏、文通や作曲などをして過ごした。

もちろん一人ぼっちだったわけではない。

彼の城には「情愛豊かな友人たちが住まっていた」。

王子の心にもっとも近いところにいたのはシャルル・エチエンヌ・ジョルダン、ディートリヒ・フォン・カイザーリンク男爵、ハインリヒ・ド・ラ・モッテ＝フケー男爵、そしてフリードリヒ・ディアファネスが「率直な人」と呼んだザクセン選帝侯国の外交官、ウルリヒ・フォン・ズームなどであった。

王子の図書室の管理係で秘書でもあったジョルダンは、それ以前はウッカーマルク地方のポッツロウとプレンツラウで改革派の牧師をしていた。

フケーは軍の将校であり、劇場や音楽の愛好家であった。

王子から「親愛なるセザリオン（皇帝）」と呼ばれていたカイザーリンクは、将校であり厩舎長であり、巧みな踊り手でおしゃべりな男であった。

軍隊について語るときには、王子は好んでフォン・シャソー子爵やクリストフ・ルートヴィヒ・フォン・シュティレやフケーと話をした。

もっともラインスベルク城では、彼らは名ばかりの戦士であった。フォン・シュティレは、ドイツ文学に対してフリードリヒよりも理解があった。

王子はグリーネリック湖畔のラインスベルク城を、忌むべき父親であるプロイセン国王のフリードリヒ・ヴィルヘルム一世から、恭順を示した褒美として与えられたのだった。


一七三六年の夏、城の内装が整った後で、王子のフリードリヒと王子妃のエリーザベト・クリスティーネ・フォン・ブラウンシュヴァイク＝ヴォルフェンビュッテル＝ベーヴェルンは、城の南面の翼部に引っ越した。二人はすでに一七三三年、ザルツダールム城で結婚していた。エリーザベトは親が決めた相手で、お互いに選択の余地はなかった。

後に王位に就いてから、フリードリヒは王妃となった妻を、ベルリン近郊のシェーンハウゼン城に送った。妻に贈り物として城を与えたのだ。彼女は夏のあいだそこで暮らした。冬はベルリンの居城で過ごした。彼女が夫にまみえるのは祝宴のときだけであった。

王子時代、ラインスベルク城には、王子妃の他に数人の女性が入城を許されていた。たとえばダンスやゲームのとき。あるいは、コンサートの聴衆として。そして、グリーネリック湖でのボートの試合のとき。

いってみれば宮廷の付属物のようなものである。

そこにいたのは、たとえばフリードリヒの妻エリーザベト・クリスティーネの女官、エリーザベト・ドロテア・ユリアーネ・フォン・ヴァルモーデン。

シャルロッテ・フォン・モアリーン男爵夫人。

ルイーゼ・フォン・ブラント。

アウグステ・フォン・テッタウ。

建築と絵画の好みに関しては、王子はクノーベルスドルフの判断を重視した。クノーベルスドルフは一七三七年から四〇年にかけて、ラインスベルク城に第二の翼部と第二の塔、そして塔と塔のあいだに列柱廊を作った建築家である。

客として、画家のアントワーヌ・ペスネがやってきて、ラインスベルクにおける王子の肖像画を描いた。

王子はフランス語の本を城の図書室に入れさせた。そして、等身大のヴォルテールの絵を目につくところに掛けさせた。

ラインスベルク時代は王子にとって、フランス文化を学んだ時期でもあった。

フリードリヒはプロイセンの国王になろうとしていたが、ドイツの言語と文学を軽蔑していた。ラインスベルク城では、ドイツ語はほとんど話されることがなかった。

ドイツにおいて話されているのは卑賤な方言が混じり合った言語で、それがドイツ語と呼ばれているのだ、というのがフリードリヒの見解だった。

彼はドイツ文学に価値を認めていなかったし、そもそもドイツ語があまりできなかった。フリードリヒはそのことを自覚していた。

彼の表現のつたなさ、間違いだらけのスペルやコンマの打ち方は、彼がラインスベルク城の近侍であり、後に侍従長となるミヒャエル・フレーダースドルフに宛てた手紙からも明らかである。

ラインスベルク時代から合理主義者のクリスティアン・ヴォルフの自然論に影響を受けていたフリードリヒのために、友人のウルリヒ・フォン・ズームはヴォルフの著書をドイツ語からフランス語に訳すことさえした。フリードリヒはフランス語の方がよく理解できたからだ。

フリードリヒはときたま、自分は故国の言葉を御者と同じ程度にしか話せないのだ、と告白した。ドイツ語の作文もひどいものだ、と付け加えることもできただろう。ちゃんと学んでいれば彼はグリンメルスハウゼンやグリューフィウス、オーピッツなどのドイツ語作家を読むこともできたはずだ。ブロッケスやフォン・ハラー、ゴットシェートなども。

しかし、フリードリヒはあまりにもドイツ文学を見下していたので、絶対にドイツ語の作品を手に取ろうとはしなかった。そのため、御者のようなドイツ語しか話せなかったのである。

ラインスベルクでの夜の音楽会のために、王子はルッピーン時代にすでに集めていた演奏家たちのアンサンブルを呼び寄せた。このアンサンブルには、選りすぐりの音楽家も含まれていた。

ドレスデンからの客演演奏家として、フルートの名手で作曲家、王子のフルートの先生でもあるヨハン・ヨアヒム・クヴァンツがやってきた。

第一バイオリンは作曲家でもあるフランツ・ベンダ。

バイオリニストのヨハン・ゴットリープ・グラウンと、彼の弟で作曲家のカール・ハインリヒ・グラウン。

王子と王子妃エリーザベト・クリスティーネの結婚式のために、カール・ハインリヒ・グラウンはオペラ「ロ・スペッチオ・デラ・フェデルタ」を作曲した。このオペラは一七三三年に、ザルツダールムで初演されている。

宮廷に呼び寄せられたのはこのほか、チェンバロ奏者のクリストフ・シャッフラート。

侍従でありフリードリヒのごく親しい友人であったミヒャエル・フレーダースドルフ——フリードリヒは彼をわざわざキュストリーンから連れてきたのだ——も、多くのコンサートで一緒に演奏することを許されていた。彼はオーボエを、どうにか聴ける程度には演奏することができた。

ラインスベルク城ではフリードリヒは作曲活動もしていた。とりわけ、フルートのためのソナタや協奏曲を作ったのだった。

8

シレイ城での世間から隔絶された生活のなかに、突然プロイセン王子フリードリヒの手紙が舞い込んできた。一七三六年八月八日付、宛名はヴォルテールである。

二十四歳でルッピーンの連隊長を務め、未来のプロイセン国王であるこの男は、四十一歳の有名な作家に宛てて、ラインスベルク城から次のように手紙を書き送ってきた。

ヴォルテール氏の思想は、その著書によって余の深く知るところとなっている。著作を読めば、著者であるヴォルテール氏が独創的で才気に富んだ創作者であることがわかる。ヴォルテール氏の『ラ・アンリアッド』『カエサルの死』『アルジール』『趣味の神殿』などを読み、余はヴォルテール氏のすべての著作を所有したいと願うようになった。ついては、著作のすべてをこちらに送ってもらえないだろうか。もしヴォルテール氏自身をこの城に迎え入れて我がものとすることが叶わぬとしても、せめて一度会ってみたいというのが余の希望である。

自分に手紙を書いてきたのが誰なのか、ヴォルテールにはもちろんよくわかっていた。彼はフリードリヒを「殿下」と呼び、君主でありながら哲学者でもある方がこの世におられることを嬉しく思います、と書いた。フリードリヒ殿下は国王としての華美虚飾以上に、人間らしさを重んじておられますね。フリードリヒが送ると約束してくれたクリスティアン・ヴォルフの一七二〇年の論文『神と世界と人間の魂と、そもそもすべての事柄に関する理性的思考』に対して、ヴォルテールは前もって礼を述べた。

王国の後継者である方が、一人の隠者にわざわざご教示をくださるなんて！

ヴォルテールはフリードリヒを、ローマの教会や絵画よりもすばらしい、希少価値のある存在だと持ち上げ、殿下をお訪ねするのはわたしにとって幸いなことです、と断言した。

シレイでの友情がわたしをここにとどまらせております。しかし、わたしの心はいつも殿下の家臣であり続けるでしょう。

フリードリヒからの手紙はヴォルテールの虚栄心をくすぐった。

だがエミリーは、フリードリヒに不信感を抱かずにはいられなかった。

ヴォルテールを我がものとする、ですって？

早くも同年の十一月四日に、フリードリヒはヴォルテールにふたたび書簡を送った。余の行いを、ヴォルテール氏は自らの指導の結実と見なしてほしい。ヴォルテール氏の作品はすべて、不滅の印を帯びている。ヴォルテール氏は哲学者・歴史家・詩人という三つの資質を一身に体現しているのだ。余はヴォルテール氏をエミリーの腕から奪い取ろうとは思わない。知と学識の奇跡的存在であるエミリーには、余の敬意を伝えてほしい。

それから十日も経たないうちに、フリードリヒは三通目の手紙を書かずにはいられなかったが、そのなかでは韻を踏んだ作文をしながら、ムッシュ・ド・ヴォルテールを真の偉人や偽の偉人たちの上に位置づけて褒めたたえた。フリードリヒはラインスベルクを「レムスベルク」（レムスの双児の兄弟ロムルスはローマの建設者で初代の王とされる）と呼び続けた。いずれにしてもフリードリヒは、自らがゲルマン民族出身の「刻苦する詩人」であることを示したのである。

フリードリヒからムッシュ・ド・ヴォルテールに宛てて、さらに四通目の書簡が一七三六年のうちに書かれた。そのなかでフリードリヒは、余の魂はヴォルテール氏の魂のもっとも恭順なしもべである、と強調した。余の魂は、シレイへ旅してエミリーの学識とヴォルテール氏の精神に敬意を表したいと切望している。

フリードリヒの書簡はパリを経由してシレイに届いた。ヴォルテールがその間にオランダに移動していたことを、フリードリヒは知る由もなかった。ヴォルテールは自作の詩「ル・モンダン（粋人）」のために警察に追われる身となり、追及を避けるために逃亡していたのである。

一七三七年の一月に、ヴォルテールはようやくオランダのライデンからフリードリヒに返信をしたためている。フリードリヒが自らの肖像画を送ってくれたことに感謝しつつも、その肖像画はパリ在住のプロイセン代理公使、ムッシュ・シャンブリエが勝手に没収してしまった、とヴォルテールは書いている。

それに対する返事でフリードリヒは、余の肖像画はヴォルテール氏本人に宛てて送ったはずだ、と反論している。


「そのように不届きな行為は、余の思いもせぬところである」


それよりもヴォルテール氏には、握りの部分がソクラテスの胸像をかたどった杖を送らせたので受取っていただきたい、とフリードリヒは書いた。

さらにフリードリヒはその手紙に、詩として通用すると自分で見なした作品の一つを添えた。もちろん、余の作品の至らなさは充分に理解している、と彼は書き加えた。神聖なる谷に棲む蛙にとって、アポロの眼前で鳴き声をあげることは、大変な身の程知らずにほかならないのだが、というフリードリヒのコメントも添えられていた。


そんなふうに、二人の文通は続いていった。

フリードリヒは、ヴォルテール氏こそフランスでもっとも偉大な男である、と賞賛し続けた。

そして、余はいつの日かヴォルテール氏に会うという希望を捨ててはいない、と断言し続けた。

ヴォルテールの方も筆まめであった。ヴォルテールはフリードリヒに宛てて、アムステルダムで二人のベルリン市民に会ったことを報告し、彼らが殿下を絶賛していました、と伝えた。わたしは、彼らに尋ねました。「わたしが神と仰ぐ方はどこにおられますか？　いつになったらわたしの目は救い主のお姿を拝することができるのでしょう？」

ヴォルテールはオランダを去ることを知らせた。「友情がわたしをシレイに引き戻しております」

ソクラテスの胸像が握りの部分についた杖は、その間にシレイに到着していた。

この地上で唯一の優れた王位継承者である殿下の肖像をシレイ城にいただくことができれば、わたしにとってこれほど光栄なことはございません、とヴォルテールは書いた。エミリーもそれを賜るのにふさわしい女性ですし、フリードリヒさまの絵を待ち望んでおります。

フリードリヒは、クリスティアン・ヴォルフの『純正哲学』のフランス語訳をそちらに送らせる、と予告してきた。ヴォルテールは、「恐れ多くも、フリードリヒさまご自身が『純正哲学』をフランス語に訳されたのでしょうか」と手紙で尋ねた。

フリードリヒはそれに答えて、「余が翻訳したのではない。フランス語訳に携わったのは、数か月前からロシアに滞在している余の友人の一人である」と答えた。

この友人がウルリヒ・フォン・ズームであった。彼は一七三六年から、ペテルブルクにおけるザクセン選帝侯国公使となっていたのである。

ヴォルテールはほんとうに、フリードリヒの肖像画が欲しかったのだろうか？

フリードリヒは、エミリーの希望については素通りし、ヴォルテール氏が余の肖像画を望んでおられるようだが、と返答した。肖像画を描くよう、指示を出しておいた。それを受けて、余の宮廷人の一人、クノーベルスドルフが肖像画を制作した。

親しい友人の一人であるカイザーリンク男爵が、肖像画をシレイまで持参するであろう、と
フリードリヒは書いた。

そしてまたしても、ヴォルテールをベルリンに招こうとするのだった。

「ベルリンは、ヨーロッパでもっとも高名な都市の一つとなることをあきらめるわけにはいかない。もしもヴォルテール氏をこの町にお迎えできれば、ベルリンにはその名誉が与えられるのだ」

フリードリヒは手紙の最後でようやくエミリーに言及している。シャトレ侯爵夫人が我が肖像を所望されているとのこと。よろしい、承知した。余としても、彼女の肖像画を所望しないわけにはいくまい。

しかし、フリードリヒは結局、彼女の肖像画を求めなかった。

一七三七年四月、ヴォルテールはフリードリヒへの書簡のなかでヴォルフの『純正哲学』に目を向けている。彼は、ヴォルフの鋭い考察を褒めつつ、「単純なもの」についてのヴォルフの理解を批判した。「ヴォルフのいう『質量』がどんなものであろうと、魂が人間から去るものであろうと不滅であろうと、もっとも賢明であり品格のある行いは、フリードリヒさまがご自分の心をあらゆる美徳と喜びと知識で満たしてお幸せになり、君主として、賢人として、生きていかれることです。ご自分もお幸せでありながら、他者を幸福になさることです。

フリードリヒさまが人類にお与えになれる最大の贈り物は、迷信や狂信を打ち砕くこと、そして、ローブをまとった一人の人間が、自分と考えが違うというだけの理由で他の人々を迫害するなどということをお許しにならないことです」

フリードリヒはヴォルテールに、ヨハン・ゴットヒルフ・フォッケロートが記したピョートル大帝についての回想録を送り、フォッケロートの見方に従えば、ピョートルが偉大な君主というのは疑わしい、と述べた。

「偉大な男たちを評価する際には、慎重の上にも慎重でなくてはならない。ピョートルは、他の君主には見られなかったほど独裁的にふるまったのだ。外国人はピョートルに感嘆したが、ピョートルの臣下たちは彼を憎んだ。

これと比べるに、ポンペイウスは皆から感嘆されたが、キケロの手紙には別人のような姿も描かれている。

あるいは、クイントゥス・クルティウスが『アレクサンダー大王伝』のなかでアレクサンダーを、地上でもっとも偉大な男性の一人として描いているが、アレクサンダーも実は、盗賊団の親分に過ぎなかったのかもしれない。

一言で言ってしまえば、人間の評判というものは、歴史編纂家たちの好意に依存しているのである。歴史家たちは、自分が贔屓にする王朝を持ち上げるために、さまざまな手本を示しているのだ」

フリードリヒは同時に、「神のごときエミリーへ」と、エミリーの名声をたたえる書簡を送ってきた。そして、「比べるもののなきエミリーに」その手紙を渡してくれるように、ヴォルテールに頼んだ。「もしこの手紙がエミリーの気に入らなかったら、余の権威失墜を甘んじて名誉と受け止めよう。自分の犯罪によって有名になる、不幸な人々のようなものだ」

9

フランソワーズ・ディセンブール・ダポンクール・ド・グラフィニー、略してマダム・ド・グラフィニーは、吝嗇で野卑な夫と別れ、住むところも財産も失っていた。

エミリーとヴォルテールは彼女の厄介な状況を知り、シレイ城に身を寄せるよう、勧めてやった。

一七三八年十二月四日、マダム・ド・グラフィニーはシレイに到着した。

当時、城には別の客たちも滞在していた。

マダム・ド・グラフィニーは、ヴォルテールとエミリーが仕事する様子を眺め、友人たちに長い手紙を書くことで、自分の虚栄心を満足させようとした。彼女のお気に入りの文通相手は若い作家のフランソワ・アントワーヌ・ドゥヴォーで、彼女は彼を「パンパン」という名で呼んでいた。

手紙のなかで、彼女はヴォルテールとエミリーの部屋を詳しく描写している。家具、壁紙、絵画、カーテン、絨毯、花瓶などなど。彼女はさらに、エミリーとヴォルテールの衣服を描写した。エミリーのアクセサリー。食事の献立から、ソースのレシピまでも。

だが、一つだけ彼女が目撃できないものがあった。仕事中のヴォルテールだ。

マダム・ド・グラフィニーは、ヴォルテールの仕事部屋を訪ねようと決心した。

ヴォルテールの部屋がある廊下には、一人の使用人が立っていた。彼は言った。

「奥さま、申し訳ございませんが、この廊下は立ち入り禁止です。ご主人は邪魔が入るのがお嫌いなので」

「あら、でもわたしはどうしても入りたいのよ」

使用人は大急ぎで立ち去っていった。

「うまく厄介払いできたわ」

マダム・ド・グラフィニーは、ヴォルテールの部屋のドアをノックした。

返事はない。

もう一度ノックした。

何も聞こえない。

彼女は三度目のノックをし、ドアノブを押し下げた。

ドアには鍵がかかっていた。

この瞬間、エミリーが駆けつけてきた。

「グラフィニーさん、ここで何をなさっているのですか？」

「わたし、ヴォルテールさんに質問がありましたの。個人的なことで」

「頭がおかしくなられたの？　ヴォルテールさんの仕事を邪魔しようなんて、どうしてそんなこと思いつくのかしら？　お願いですから……」

マダム・ド・グラフィニーは顔を真っ赤にして引っ込んだ。

夕食のとき、みんなはまるでなにごともなかったように振舞った。

10

一七三八年三月、フリードリヒはヴォルテールに対して、いけすかない卑劣漢であるマキャヴェリを、ヴォルテールがカイザーリンクとの会話のなかで当時の偉大な男たちの一人に加えたといって非難した。

ヴォルテールは返信をしたためて、マキャヴェリについての考えを、ぜひフリードリヒさまにお話しする必要を感じました、と記した。フリードリヒさまがご人徳から来るお怒りに駆られたのも当然のことです。わたくしヴォルテールが、マキャヴェリという悪人のスタイルを褒めたのですから。マキャヴェリが教授した恐ろしい政治は、自分と他人を不幸にする結果しかもたらしませんでした。

フリードリヒがヴォルテールに送った「人類のための書簡詩」に対し、ヴォルテールは賞賛の言葉とともに礼を述べている。この書簡詩にフリードリヒは一七三九年一月、将来に希望を持たせるような注釈をつけていた。その注釈はこうである。「支配者の義務は、人間の苦しみを減じることにある。不幸な人の声、悲惨な目にあっている者たちのうめき、抑圧された者の叫び声が、支配者に届かなければならない」

当時、フリードリヒはまだ王子だった。

フリードリヒは『反マキャヴェリ論』を執筆中であった。支配者としての善良な志を記したものである。

一七三九年秋、フリードリヒはまたもやヴォルテールを招待したい旨を伝えてきた。ヴォルテールがどんな運命の打撃を受けようとも、フリードリヒの館はいつでも避難所を提供する、というのだ。

さらにフリードリヒはヴォルテールに、戦争とはほとんど関わるつもりはない、と断言した。「戦争など、この世にないかのように振舞うつもりだ。余はマキャヴェリに対する反論を執筆中なのだから」

プロイセンのラインスベルク城に余を訪ねるために、シレイ城のエミリー殿から離れるお気持ちは貴殿にありやなしや？

一七四〇年一月には、フリードリヒは『反マキャヴェリ論』の五章分をヴォルテールに送った。フリードリヒはこの著書を、匿名で出版する気でいた。

ヴォルテールは送られた五章を読み、『反マキャヴェリ論』はぜひ出版すべきです、とフリードリヒに強く勧めた。

フリードリヒはヴォルテールに、「余はこの作品を匿名で出版すると、最終的に決断した」と告げた。

ヴォルテールは一七四〇年二月に、『反マキャヴェリ論』の残りの原稿を受け取り、フリードリヒに対して校閲を申し出た。そして、印刷の準備もご指示通りにいたします、と請け合った。

一七四〇年五月三十一日、フリードリヒの父で、兵隊王と呼ばれたフリードリヒ・ヴィルヘルム一世が亡くなった。フリードリヒはその同じ日に、ただちに国務を継承した。二十八歳のフリードリヒは、いまやプロイセンの国王となったのだ。

ベルリンのシャルロッテンブルク宮殿からヴォルテールに宛てた親書で、フリードリヒは次のように断言した。

「余の命があるならば、必ず貴殿にお会いする。それも、今年のうちに」

ヴォルテールはフリードリヒに一篇の詩を捧げた。

「我が人生の最上の日、ついに訪れたり。
あなたが王座に就く日、
哲学者が王となる。ああ！

あなたは北方のソロモン……」

六月十二日、フリードリヒはベルリンから、次のような催促を送った。

「親愛なるヴォルテール殿、貴殿にお会いしたいという余の願いをこれ以上長く拒まれぬように。八月末、余はヴェーゼルに赴く予定である」

ヴォルテールはフリードリヒに答えて、「今年のうちに幸せな拝謁がかなうと期待しております。シバの女王(ヴォルテールはエミリーのことをこう表現した)が、栄光に輝くソロモン王にお目にかかるために、すべての計画を実行に移そうとしております」と書いた。

同じ手紙でヴォルテールはフリードリヒに、オランダで印刷に出した『反マキャヴェリ論』の完成が近いことを伝えている。

しかし、フリードリヒはこの間に、『反マキャヴェリ論』の刊行を見合わせる決心をしていた。

自分の王子時代の見解が、王国に悪影響を及ぼすことを恐れたのだ。フリードリヒはヴォルテールに、製本された『反マキャヴェリ論』をすべて買い占めることを依頼した。

ヴォルテールはデン・ハーグの出版業者、ヤン・ファン・ドゥレンのところに行った。ファン・ドゥレンはすでに半分の印刷を終えていた。ヴォルテールは原稿を返却するように求めた。ところが、ヤン・ファン・ドゥレンはそれを拒否した。

そこでヴォルテールは、いくつかのページに訂正を入れなければならないのだ、と嘘を言った。出版業者はヴォルテールを信用して原稿を渡した。ヴォルテールはフリードリヒの意に沿うように、原稿のなかの過激な表現を和らげておいた。

一七四〇年八月の初めにフリードリヒは、「余は貴殿に『反マキャヴェリ論』の改訂を委ねる。貴殿への信頼を悔いることにはなるまいと信じている」と書いた。

「原稿を印刷させようがさせまいが、親愛なる編集者である貴殿にすべてを任せる所存である」

11

フリードリヒが、一七四〇年の九月にライン川下流の領地を訪れ、クレーフェ近郊のモイラント城に滞在する予定だと知らせてきたとき、シレイ城にいたヴォルテールはエミリーに告げた。

「いよいよフレデリック（フリードリヒのフランス語読み）に会うためにクレーフェに行こうと思う」

「どうして、あの人にそんなに近づこうとするの？　彼は国王なのよ」

「彼は啓蒙されているし、教養もあるし、人道的な君主だ。戴冠式の日に、拷問を廃止したんだよ」

「大逆罪を除いて、でしょ。彼も他の国王と変わりないわよ」

「きみと一緒にクレーフェに行く、と返事しようと思うんだが」

「わたし、彼があなたに近づきすぎないように気をつけているつもりよ」

ヴォルテールは八月二日付でフリードリヒから送られてきた返書を、エミリーに読んで聞かせた。

「貴殿の希望に従い、マダム・シャトレにこれをしたためる。貴殿の旅行の目的を明らかにするためである。これは、ヴォルテール、余の友人たる貴殿に関わることであり、余は貴殿との面会を切望している。神々しいエミリーは、その神々しさにもかかわらず、ニュートン的なアポロン神の添え物にすぎない……。貴殿こそ、永遠に余の宮廷の客人となるべき人物である」

『北方のソロモン』の心を射止めたわけね。彼の書いていることは粗野で傲慢だし、攻撃的で、人を見下しているわ。自意識の強い権力者で、恥知らずよ。彼はあなたの友人とはいえない。彼は他の財宝を所有するように、あなたを所有したいだけなのよ。そうして、自分の名声を高めたいだけなの」

「じゃあ、どうすればいい？」

「もちろん、クレーフェには行かなくちゃいけないでしょうね。それ以外の選択肢はないわ。彼はプロイセン国王で、ヨーロッパ最強の男の一人なんですもの。彼にはあなたを迫害することも、つかまえたり拘束したりすることもできる。彼には軍隊もある……」

「ぼくたちはフランスにいるんだよ」

「あなたには著書しかない」

「きみもいるじゃないか」

「わたしが生きているかぎりはね……」

九月六日、フリードリヒはエミリーとともにブリュッセルにいたヴォルテールに宛てて、これからモイラント城に滞在するので、そこまで出向いてきてくれないかと提案した。

四日熱にかかったので、余がブリュッセルに行くことはできない。

マダム・エミリーにお会いするつもりはないので、あらかじめお詫びの言葉を伝えておいてほしい。

モイラント！　それはクレーフェ近郊にある、周りに濠をめぐらした城だった。いまでは国王となった若きフリードリヒと、ヴォルテールとの最初の会見――それは、フリードリヒの側では長年望み続け、ヴォルテールの側では長いこと先延ばしにしてきた出会いだった。ヨーロッパに名を馳せたヴォルテールはこのとき四十五歳。フリードリヒは二十八歳だった。

九月十一日、日曜日から月曜日にかけての夜に、ヴォルテールはモイラント城に到着した。彼が出会ったのはどんな人物だったのだろうか？　ヴォルテールが見たのは若くて元気いっぱいの国王ではなく、ベッドのなかで汗をかき、発熱して震えている小柄な病人だった。

ヴォルテールは「陛下、お許しを」と言うと、ためらうことなくフリードリヒの脈を測った。

フリードリヒは「大切な友よ」と答えた。

フリードリヒの侍医たちは、国王の熱にどう対処すべきかわからずにいた。

ヴォルテールはイエズス会の医療の教えに通じていたので、キニーネを使うよう忠告した。侍医たちの反対を押し切り、フリードリヒはキニーネを服用する。すると、月曜日には熱が下がっていた。

フリードリヒとヴォルテールはモイラント城に二日しか滞在しなかった。

ヴォルテールにとっては輝かしい二日間だった。フリードリヒがエミリーの来訪を拒んだことは忘れられてはいなかったが、話題の片隅に押しやられていた。

ヴォルテールは『マホメット』というタイトルの自分の戯曲を朗読した。客人たちに囲まれながら、フリードリヒの問いに答えた。答えはやがてモノローグとなり、全員が集中してそれに聞き入っていた。

フリードリヒはジョルダンに宛ててこう書いている。

「余はただ感嘆し、沈黙するのみであった」

もっとも、フリードリヒが自分に会うためだけに領地であるライン河畔のクレーフェ公国まで来てくれたのだ、というヴォルテールの考えは間違いであった。

フリードリヒが受け継いだ領地には、リエージュに近い小さな町であるエルスタル市も含まれていた。この町は、一七三二年にプロイセンに吸収されたのである。しかし、エルスタル市民は、プロイセンの臣民となることを望まなかった。フリードリヒの父に強いられて、領地として税を納めることを誓ったものの、忠誠の誓いに縛られているという感覚は持っていなかったのである。リエージュの領主司教も、反抗的なエルスタル市民の側に立っていた。

フリードリヒの戴冠後、エルスタル市は、強制された服従関係の更新を望まず、自分たちの支配者はリエージュの領主司教のみだと主張した。司教の背後にはフランス国王がいた。

フリードリヒの大臣たちは、戦争の危険が大きいので、リエージュの領主司教に対する軍事行動は避けるように忠告していた。

しかし、フリードリヒは、

「彼らが戦争について語るなど、アメリカのイロコイ族が天文学について議論するようなものだ」

と主張した。

ヴォルテールがモイラント城に到着したまさにその日、フリードリヒはリエージュの領主司教に最後通牒を突きつけていた。そして、フリードリヒとヴォルテールが城を発ったまさにその日、プロイセンの近衛歩兵が三大隊と、竜騎兵の一中隊が、リエージュ領内に進軍していたのである。

武装した二千人のプロイセン兵士がリエージュに入ったことによって、エルスタル市と領主司教の反抗には終止符が打たれた。

十月、フリードリヒはエルスタル市に対する自分の支配権を、二十四万ターラーと引き換えにリエージュに譲っている。

これが、フリードリヒがクレーフェに出向いた理由だった。ヴォルテールに会いたいというのは口実に過ぎなかった。ヴォルテールとの会見は副産物に過ぎなかったのだ。

ヴォルテールはデン・ハーグに戻った。

エミリーに宛てて、デン・ハーグでは人との付き合いは避けるつもりだ、ここではフリードリヒさまの『反マキャヴェリ論』の編集をしなくてはいけないから、と書き送っている。その『反マキャヴェリ論』は一七四〇年九月末に、ヴォルテールの加筆や編集を経て、匿名で出版された。

まだモイラント城にいるあいだに、ヴォルテールはフリードリヒから、ラインスベルク城に招待したい旨も告げられていた。ヴォルテールはエミリーへの手紙で、この招待を断るのは不可能だ、自分はプロイセンへ行くことになるだろう、と書いている。

エミリーは激昂した。ヴォルテールをフリードリヒに奪われてしまう、と恐れたのだ。彼女自身はフリードリヒのもくろみに関して、何の幻想も抱いていなかった。フリードリヒは「王座にある哲学者」としての名を高めるために、ヴォルテールをプロイセンにおいておきたいのだ。

若い国王の助言者であろうとするヴォルテールの野心を、エミリーは大いに危惧しながら見守っていた。十万人の軍隊を動かす力を持つ「北方のソロモン」は、『反マキャヴェリ論』における崇高な言葉とは関係なく、遅かれ早かれ正体を現すだろう。

12

一七四〇年十一月七日、ヴォルテールはプロイセンに向かって旅立った。フリードリヒがベルリンに呼び寄せたオリエント学者のドゥ・モラールも一緒であった。難儀な旅行だった。ヴェストファーレンを通過中に、馬車が壊れた。ビロードのズボンをはき、絹の靴下にスリッパという出で立ちだったヴォルテールは、農民から借りた駄馬で、助けを求めにヘルフォルトまで走っていかなくてはならなかった。

十一月十九日にようやく、ヴォルテールはラインスベルクに到着している。

実はヴォルテールがデン・ハーグを発った日に、フリードリヒは軍の動員を命じていた。しかし、ラインスベルクに到着したヴォルテールに、そのことは知らされなかった。

フリードリヒはそれについては口を閉ざしていた。

エミリーはその間、シレイに引きこもり、物理の実験に没頭していた。

シレイでの孤独は彼女を落ち込ませた。

プロイセンには少ししか滞在しないつもりだ、とヴォルテールが書き送ってきたことも、慰めにはならなかった。

「ここはまるで北極のような寒さだ。王さまのシェフが作る料理は重過ぎて消化に悪い」

パリに来ればいいのに、という友人たちの勧めにも、エミリーは従わなかった。

彼女はブリュッセルに行くことに決め、ヴォルテールと一緒に借りていたラ・グロス・トゥール通りにある家で生活した。そうすることで、パリにいるよりもヴォルテールの近くにいられる、と信じたのだった。

ヴォルテールはラインスベルクやベルリンに滞在していた。

会食。知的な討論。フルートコンサート。

フリードリヒの同性愛的傾向は、ヴォルテールもすでに承知の事柄だった。モイラント城にいたときは、その雰囲気をおもしろがることもできた。美しい男たち！　ヴォルテールには、同性愛を批判する気などさらさらなかった。しかし、ラインスベルクとベルリンに来て、ヴォルテールは美しい女性たちから受ける刺激が恋しくなっていた。

エミリーは十二月八日に、ヴォルテールからの速達便を読んだ。そこには、十二月二日にベルリンを発つ、と書かれていた。

ヴォルテールがデン・ハーグからラインスベルクに向かったときは、片道二週間の旅程だった。

エミリーは、ヴォルテールが十二月半ばにブリュッセルに帰ってくることを期待した。

ヴォルテールはフリードリヒに、旅費の計算書を提出した。旅費を引き受けようと申し出たのはフリードリヒの方だったが、ヴォルテールがそれを辞退すると予想してのことだったろう。ヴォルテールは旅行費用に加えて、『反マキャヴェリ論』を書き直して編集するためにデン・ハーグに滞在した日々の費用も請求しようとした。しまいには勘定のなかに、ベルリンからブリュッセルまでの帰還にかかるおおよその費用まで含まれることになった。それらは合計で千三百ルイドールにのぼった。フリードリヒはそれを払ったが、機嫌を損ねつつ、渋々払ったのであった。

ヴォルテールはベルリンで、数学者のピエール・ルイ・モロー・ド・モーペルチュイに別れのあいさつをしに行った。彼は、ヴォルテールの推薦によって、フリードリヒがベルリンまで招いた人物であった。

ヴォルテールとモーペルチュイは、互いにあまりにもよく知った仲であった。モーペルチュイは信用できない男だと知っていたにもかかわらず、ヴォルテールは別れの際に、いまではよく知られている危険な言葉を発してしまった。フリードリヒさまは尊敬に値する愛すべき類まれな娼婦だ、と言ったのである。

ヴォルテールの帰途の旅は、悪しき運命の下にあった。その年、ドイツにはいつもより早く冬がやってきた。雪と氷のせいで、郵便馬車はいつもより長く運行休止になった。ドイツの宿屋では部屋に暖房がなく、ベッドが湿っていたうえに、消化の悪い食事ばかりが出た。ついにヴォルテールは、船でバルト海から北海に出、海からベルギーに上陸することに決めた。しかし、冬の嵐のせいで、航行中の船もしょっちゅう小さな港に停泊させられることになった。

ヴォルテールはベルギーに帰る途上で、フリードリヒの軍隊が一七四〇年十二月十六日にシュレジアを襲撃したことを知った。

彼は次のようなメモを残している。

「プロイセン国王は自分が文化的な人間だと信じているが、耽美主義者の薄い外皮の下には大量殺人者の魂が眠っている」

クリスマスになっても、ヴォルテールはまだブリュッセルに帰りついていなかった。

エミリーに再会できたのは一七四一年一月二十七日である。

エミリーは幸せな気持ちで、ヴォルテールとともにブリュッセルからシレイに戻ってきた。

13

ヴォルテールは大量殺人者の魂を持った男との文通をやめるべきだったのだろうか？

プロイセン国王で十万人の軍隊の統率者であるフリードリヒは、二万七千人の兵士をシュレジアに送り込んでいた。

一七四一年の一月末には、グローガウ、ブリーク、ナイセの要塞を除けば、シュレジアにはオーストリアの部隊はまったくいなくなっていた。フリードリヒは安んじて、自分の兵士たちを冬営地に入らせることができた。

一七四〇年の十二月中に、ヴォルテールはフリードリヒに宛てて、自分が書いた悲劇『マホメット』の写しを送っている。それについて、ヴォルテールはフリードリヒに次のように書き送った。

「一人のラクダ商人が登場しますが、彼は自分が天に上げられ、かの難解な書物の一部を天から与えられたことを自慢しています。その書物は健全な人間の理性を揺り動かすもので、彼はこの書物が人々から崇められるようになるために、祖国を火と剣で覆い尽くすことになります。これは、どんな人間にもけっして許されないはずのことです。

戦争を自分の国で開始する者、それを神の名において行おうとする者は、どんな残虐行為もしてしまえるのではないでしょうか？」

プロイセン国王であるフリードリヒさまも同じようにお考えくださるのではないでしょうか、とヴォルテールは書き、このような哲学者たる君主のおそばで生きることが、自分の最大の慰めであります、と付け加えた。

フランス北部のリールでは、『マホメット』の上演が準備されていた。シュレジアでは、フリードリヒが一七四一年春の出兵を準備していた。フリードリヒが定めたプロイセン軍法には次のような項目がある。

「一人の兵士が会戦中に逃走をもくろみ、片方の足がすでに戦列を離れようとしていたなら、その背後に立つ下士官はこの兵士を短銃で撃ち、殺さなくてはならない」

三月九日、レオポルト二世の指揮下にあったプロイセンの部隊は、グローガウの要塞を占領した。

シュレジアにいたオーストリア軍の総司令官、ヴィルヘルム・ラインハルト・フォン・ナイペルク伯爵は、ナイセとブリークの要塞をプロイセン軍の包囲から解放するために、オルミュッツ付近に一万五千の兵を集めた。しかし四月十日、ブレスラウ南東のモルヴィッツの戦いにおいて、プロイセンはオーストリア軍を打ち破った。

フリードリヒ自身は最初の会戦において、プロイセン軍の右翼を率いていた。しかし、フリードリヒの命を守りたいと考えるクルト・クリストフ・フォン・シュヴェリーン元帥の要請によって、まもなく戦場を後にした。

フォン・シュヴェリーンは戦いに勝利し、ナイペルクは降伏せざるを得なかった。

プロイセンの勝利の陰で犠牲となったのは、四千八百四十九人にのぼるプロイセン側の死傷兵、四千五百五十一人にのぼるオーストリア側の死傷兵であった。

モルヴィッツの戦いから三週間後、ヴォルテールは宮廷のエチケットにふさわしい語彙を用いつつも、フリードリヒへの手紙のなかでプロイセンの勝利に言及している。

「陛下は皇帝をお作りになれる、あるいは自ら皇帝になることがおできになれましょう。もしフリードリヒさまが皇帝になられたら、さまざまな理由から、わたしにとりましてもっとも神聖な君主ということになるでしょう。崇拝に値するご主君に『マホメット』を献上するのが待ちきれない思いでございます。わたしはその戯曲をリールで上演させました。この戯曲がどのような感情の嵐を呼び起こしましたことか。しかしながらそれは、あなたさまの武勲を拝見しますときに、わたしの心が感じます感動には、遠く及ばないものでございます」

五月のうちに、ブリークの要塞がプロイセン軍の手に落ちた。十月末には、ナイセの要塞が陥落した。

その年の終わりにヴォルテールはフリードリヒの詩を褒め称えて、次のように書き送った。

「わたしがナイセの英雄と仰ぐお方にとって、詩を書くことは、町の征服と同様、たやすいことなのです」

一七四二年になった。三月にヴォルテールはフリードリヒに宛てて、陛下が一つの勝利から次の勝利へと急いでおられるとき、わたしは発熱のため寝床に横になっておりました、と記した。「わたしの片足はすでに、黄泉の川に触れておりました。黄泉の川を渡っていく死者たちの数の多さは、わたしを深く憤らせました。その死者たちはすべて、ボヘミアやモラヴィア（シュレジアを含む東欧地域）からやってきたのです」

そして、ヴォルテールは次のように大胆な言葉を書く。

「陛下、ならびにご同僚の国王方は、地上を荒廃させることをけっしておやめにならないのでしょう。あなたは地上の人々を幸せにしたい、と仰せになってはおられますが」

そして、

「にもかかわらず、偉大な王さま、わたしは陛下を愛しております」

数週間も経たないうちに、新たな大量殺戮が始まった。フリードリヒ率いるプロイセンの軍隊と、カール・フォン・ロートリンゲン公子が率いるオーストリアの軍隊が、五月十七日にボヘミアのコトゥジッツという場所で衝突したのだ。プロイセン軍がオーストリア軍を打ち負かした。この日の終わりには、プロイセン側で四千七百七十八人の死傷者、オーストリア側で六千三百三十二人の死傷者が報告されている。

オーストリアの女帝マリア・テレジアにとっては、ベルリンの「悪人」、強盗のようなプロイセン王と、苦い和平を結ぶべきときが来ていた。

六月十一日にブレスラウで結ばれた休戦条約と、七月二十八日にベルリンで締結された和平条約によって、オーストリアは下シュレジアと上シュレジア、そしてボヘミアにあったグラッツ伯爵領をプロイセンに割譲した。プロイセンの国土と人口、国家への税収は、一・三倍に拡大したのである。

そのために、両国で二万人以上の兵士たちが、自らの命や健康を犠牲にしたのだった。

14

枢機卿のフルーリーは、痛風に悩むフリードリヒが、ドイツ南西部のアーヘンにある温泉を訪れようとしていることを耳にしていた。

フランス政府は、プロイセンの拡張政策を目にして、フリードリヒの次の目標は何なのか、知りたいと考えていた。

フルーリーはヴォルテールとエミリーをヴェルサイユ宮殿に招いた。ヴォルテール以上にフリードリヒと密なコンタクトがとれる人間はいない、というわけだ。シレイはアーヘンから遠くない。フリードリヒの招きでアーヘンに行くのも、ヴォルテールにとっては簡単なことだろう。アーヘンからマダム・シャトレ宛ての手紙で、ヴォルテールの情勢判断を、暗号をかけて報告してほしい！　マダムはヴェルサイユにいるフルーリーに、ヴォルテールの所見を書き送ることができるだろう。

ヴォルテールは、フルーリーの計画にひどく心を動かされたようだった。


エミリーは、ヴォルテールがプロイセン国王といい関係を保つよりも、フランスの宮廷と良好な関係になることを、より切実に願っていたところだった。そのため、エミリーはフルーリーに同意したのである。

ヴォルテールはフリードリヒに、自分がエミリーとともにブリュッセルからシレイに戻ったことをとっくに知らせていた。するとまもなく、一七四二年八月二十六日付で、フリードリヒからの親書が手元に届いた。

フリードリヒは、自分が八月二十五日に供の者たちとアーヘンに到着したことを知らせ、ヴォルテールをアーヘンに招待した。フリードリヒはドイツ騎士団の修道会管区ザンクト・ジルの管財人であるアンリ・フランシス・ド・ブジェ伯爵宅に泊まっているとのことだった。

一週間後の九月二日、フリードリヒはヴォルテールがいまだにアーヘンに来ていないことで苦情を述べた。余はヴォルテール殿にお会いする楽しみを奪われたような心持ちである。というのも、九月七日にはまたここを発つ予定なのだ。

九月六日、ヴォルテールはようやくアーヘンに到着した。

フリードリヒの出発までに残された短い時間のなかでは、ヴォルテールはフリードリヒの計画を聞き出すことはできなかった。彼が聞いたのはただ、フリードリヒがベルリンに戻るのではなく、視察のためにシュレジアに行くということだけだった。

それ以外にヴォルテールが報告しているのは、フリードリヒが癌患者のための浴場で病気の治癒を試みた、ということぐらいである。

15

一七四三年一月に、ほとんど九十歳にならんとしていたアンドレ・エルキュール・ド・フルーリー枢機卿が亡くなった。

新しく大臣となったジャン・ジャック・アムロ・ド・シャイユーは、貧困なアイデアしか持っていなかった。

すると、かつてはエミリーの愛人でもあり、ヴォルテールの友情と信頼も勝ち取っていたリシュリュー公爵が、国王ルイ十五世の前に歩み出た。

リシュリューのアイデアはこうだった。ベルリンに駐在しているフランス大使が、ヴォルテールがパリで迫害を受け、逃亡中であるという噂を流すのだ。その証拠としてヴォルテール作品『カエサルの死』がコメディー・フランセーズで上演されるのを禁じ、ヴォルテールに逮捕の脅しをかければいい。しばらくしたら、エミリーにシレイからフリードリヒ宛の書簡を書かせ、ヴォルテールをプロイセンに亡命させてくださいと頼ませるのだ。その後すぐ、ヴォルテールも行動を起こす必要がある。ブリュッセルからの手紙で、プロイセンへの入国許可をフリードリヒに対して懇願させるのだ。

国王ルイ十五世と大臣のアムロとは、リシュリューの計画をきわめて優秀だと考えた。ヴォルテール自身も、いわば密使としてプロイセンの宮廷に赴くことに心を動かされていた。

しかし、エミリーはリシュリューに言った。

「いいえ！　そんなことにわたしを巻き込まないでくださいませ！」

アムロはわざわざエミリーを訪問した。

彼女は断言した。

「わたし、この件には協力いたしませんわ」

しまいには国王が、エミリーをフォンテーヌブロー宮殿に呼び寄せた。

エミリーは非常に落ち着いていた。

彼女は言った。

「わたし、ヴォルテールさまには自由意志で行動していただきたいのです。陛下はそのことをお認めになりますか？」

国王は彼女に同意した。

エミリーは言った。

「ヴォルテールさまはひょっとしたら、フランスにとって重要な情報を聞き出すために、プロイセン国王の裏をかく義務があるとお感じになるかもしれません。しかし、わたしは自分の良心の問題といたしまして、このことに加担するわけには参りません。わたしがフリードリヒさまに嘘をつくことは不可能です」

エミリーは興奮しながら宮殿を立ち去った。

フリードリヒの裏をかく作戦に参加するようエミリーを説得できるのはヴォルテールだけだった。説得はうまくいった。しかしエミリーは、フリードリヒがこの作戦を見抜くのではないかと恐れていた。

そうなったら、フリードリヒが事故に見せかけてヴォルテールを殺すことさえあると、エミリーは考えていた。

ヴォルテールはデン・ハーグにいたプロイセン公使、オットー・フォン・ポーデヴィルス伯爵とともに、ベルリンに向けて旅立った。彼らは一七四三年八月三十日にベルリンに到着した。

フリードリヒはその三日後にポツダムからベルリンにやってきた。

城内でヴォルテールに与えられた部屋は、国王の居室に近かった。

フリードリヒは城内の劇場で、ヴォルテールに敬意を表するためにオペラを上演させた。ヴォルテールはフリードリヒの桟敷席に座ることを許された。

ヴォルテールはフリードリヒに対して、厚かましくも九つの政治的な質問を書いたアンケート用紙を手渡すことにした。フリードリヒは質問に対し、皮肉な答えをよこした。ヴォルテールも結局、前より賢くはなっていなかったのだ。

ヴォルテールはフリードリヒの妹のウルリーケと、人目も憚らずふざけ合っていた。彼はウルリーケに宛てて、次のような詩を書いた。

「少しばかりの真実は、しばしば
嘘の布に織り込まれています。
昨夜のおかしな夢のなかで、
わたしは国王に推挙されました。
王女さま、あなたを愛し、大胆に愛を誓ったからです！
目が覚めて、すべてが水泡に帰したわけではありませんでした。
わたしはただ、自分の王国を喪ったのです」

ウルリーケはお世辞を言われたと思い、笑い声をあげた。彼女はフリードリヒにヴォルテールの詩を見せた。フリードリヒは嘲り、返事を口述筆記させた。その返事は次のような言葉で終わっていた。

「貴殿は王国を、余は韻を踏む技術を喪った」

フリードリヒは、自分の姉でバイロイト辺境伯夫人であるヴィルヘルミーネのところへ出向く予定である、と公表した。ヴォルテールはその旅行に招待されなかった。しかしヴォルテールは自分の考えに従って、旅行に随行する人々に同行した。

フリードリヒのお気に入りの姉であるヴィルヘルミーネを、ヴォルテールは一七四〇年十一月にラインスベルクに滞在したころから知っていた。ヴォルテールは彼女と親交を結んでいるつもりでいたし、ヴィルヘルミーネもヴォルテールを気に入っていた。

ヴォルテールは、フリードリヒ自身よりも彼女の方から、フリードリヒの計画について聞くことができるのではないかと期待していた。

バイロイトに立ち寄ることについて、ヴォルテールはエミリーに書くのを失念した。

エミリーは冷たい怒りと燃えるような嫉妬のあいだで引き裂かれていた。

ヴォルテールは最後にまたベルリンに戻り、十月十二日にプロイセンを発った。彼は新しい馬車を購入していた。ところがその馬車は、二日目にもう壊れてしまった。ヴォルテールは田舎道に投げ出されて、泥にまみれていた。農民たちが彼を助けてくれたが、ついでに持ち物も奪っていった。

ヴォルテールは休息をとるために、ブラウンシュヴァイクの宮廷に立ち寄った。

ブリュッセルではエミリーが待っていた。

ヴォルテールの友人であるダルジェンタール伯爵に宛てて、彼女は次のように書いている。

「わたしにはもう、あの人のことがわかりません。わたしの苦しみも喜びも、あの人に依存しているのですけれども。彼はまさに酔いしれているのだと思います。プロイセンの使者から、あの人が十月十二日にベルリンを発ったことは聞いておりますす。ブラウンシュヴァイクを通過したらしいのですが、宮廷好みのせいでまったく腑抜けになってしまったのでしょう……。ベルリンからデン・ハーグまで、十二日間もかかりました。往路はたった九日だったのですよ。バイロイトにも、あの人は二週間も滞在しました。ベルリンに戻ってから、さらに十四日間。そして、三週間ものあいだ、わたしに何も書いてよこさなかったのです。二か月前から、わたしはあの人の計画や書き物について、大使や新聞を通して聞き知る始末です……。わたしがどれほど嘆いているか、これで伯爵さまにもおわかりでしょう」

十一月六日、ヴォルテールはブリュッセルに到着した。

エミリーは、ヴォルテールのプロイセンでの企みが失敗したのを喜んだ。

十一月九日、二人はパリに向かった。その途上のリールにおいて、二人はヴォルテールの姪のマリー・ルイーズを訪問した。彼の姉、カトリーヌ・ミニョーの娘である。マリー・ルイーズは一七三七年以来、ニコラ・シャルル・ドゥニと結婚していた。

パリで、ヴォルテールは失望させられた。自分の功績に対し、ルイ十五世に拝謁を許され、褒美——おそらくは年金——がもらえるのではないか、と期待していたのである。しかし、アムロ以下の役人たちは、ヴォルテールの報告がなくても、とっくに情報は手に入れていたのだと知らせてきた。フリードリヒには、フランスと軍事同盟を結ぶ気はなかったのである。ルイ十五世陛下に対する好意的なメッセージをわたしにお委ね下さい、というヴォルテールの頼みに、フリードリヒは次のような言葉で答えた。

「わたしがフランスのために貴殿に与えることができる唯一の伝言は、もっと賢く振る舞えということだけだ」

16

ヴォルテールの姪であるルイーズの夫ドゥニ氏が、一七四四年に亡くなった。夫の死後、ヴォルテールは秘かに姪と関係を持つようになった。しかも、パリに一軒の家まで買い与えていた。

ヴォルテールに不信の念を抱いていい理由はいろいろあったのだけれど、エミリーは彼を疑おうとはしなかった。しかし、年月が経つほどに、自分たちの関係が変わってしまったことは強く意識せざるを得なかった。

それでも、二人は別れなかった。一緒に仕事をし、喧嘩もし、シレイ城で前と変わらぬ生活を送っていた。


エミリーはカード遊びが大好きだった。宮中ではゲームの際に高額の金を賭け、しばしば負けていた。

エミリーの借金を払わされるのは、ヴォルテールだった。無意味な支出を強いられることで、彼は腹を立てた。

これからはもっと慎重になるわ、とエミリーは約束した。しかし、ゲームを始めると、激情に駆られて我を忘れてしまうのだった。

一七四七年十月十四日、ヴォルテールとエミリーはフォンテーヌブロー宮殿にいた。

エミリーはフランス王妃のマリー・レスツィンスカと、二人の公爵夫人とともに、カードゲームのテーブルに着いていた。

ヴォルテールは近くに立ち、ゲームの推移を見守っていた。彼はエミリーが敗北に次ぐ敗北を喫しているのを見た。一緒にゲームをしている人々に欺されていたのだ。借金はすでに十万リーブルに達していた。

ヴォルテールはエミリーの方に屈んで、英語で囁いた。

「もうやめた方がいい！　ゲームの相手は詐欺師だぞ！」

エミリーは驚愕した。王妃や公爵夫人たちに、いまのヴォルテールの言葉が聞こえたのではないか？

ヴォルテールもその場ですぐに、自分が大変な危険を冒したことに気づいた。周りに立っている何人もの人々が、互いに囁きあっているのを目にしたのだ。

王妃と公爵夫人たちは落ち着き払っていた。

エミリーは、気分がすぐれないふりをした。そして、王妃の許可を得て退席した。エミリーは機転を利かせて、「リシュリューさまのお屋敷に泊めていただきますわ」と言った。

リシュリュー公爵の城は、フォンテーヌブローの近くにあったのだ。

エミリーはヴォルテールの腕を取り、広間から引っ張り出した。

「わたしたち、すぐに逃げなくては！　もしあなたの言ったことがお后さまに聞こえていたら、いますぐにでも警備兵にひっつかまえられるわよ」

ヴォルテールはパニックに陥った。フランス王妃をひどく侮辱してしまったのだ。宮廷から恐ろしい報復が来るかもしれない。虐待を受けるかもしれない。何年もバスティーユの監獄に入れられることになるのか。

エミリーは辻馬車を呼んだ。そして、御者に言った。

「パリに行ってちょうだい！　早く、早く！」

真夜中、エソンヌという場所で、馬車が故障した。修理には時間がかかった。

エミリーはその間にすっかり落ち着いていた。

彼女はヴォルテールに言った。

「あなたは、パリに行かない方がいいわ。シレイに行くのもよくない。確実に身を隠す場所が必要だわ」

ヴォルテールには、いい解決策があった。

「わたしはソーに行くよ。メーヌ公爵夫人のところへ」


メーヌ公爵夫人、アンヌ・ルイーズ・ド・ブルボン・コンデは、ルイ十四世の婚外子であったメーヌ公爵の未亡人だった。彼女はヴォルテールのファンであり、友人だった。

道端の宿屋で短時間の睡眠をとったあと、エミリーはパリに急いだ。ヴォルテールは別の馬車を使ってソーに行った。

彼は早朝、ソーの城に到着した。

かれは公爵夫人に言った。

「マダム、お許し下さい。ご招待もいただいていないのに、来てしまいました。わたしをお助けくださいませ！」

「あら、親愛なるヴォルテールさん！　あなたはいつだって歓迎ですわ。何があったんです？」

ヴォルテールはフォンテーヌブローでのできごとを報告した。

公爵夫人は言った。

「わたし、国王を恐れてはおりませんの。うちの家系は尊敬されて然るべきなのですから」

ヴォルテールは城のなかにある秘密の住宅に住まわせてもらった。

毎晩、彼はいくつもの階段と廊下を通り、公爵夫人の食堂にやってきた。食事を終えると、ちょうど執筆中だった『ザディーグ』を朗読して聞かせた。

エミリーはあえてヴォルテールを訪問しなかったし、手紙さえ書かなかった。

三か月後、ヴォルテールはようやくその城を離れることができた。

エミリーは自分の借金を払い終えたし、宮廷では「例の一件」は不問となった。

17

一七四八年一月、シレイ城にスタニスラウス・レスツィンスキの聴罪司祭であるイエズス会のムヌー神父が訪れた。彼は、かつてのポーランド国王でロレーヌ公でもあるレスツィンスキとその愛人であるド・ブフレール夫人の宮廷サロンがあるルネヴィルからの招待状を携えてきた。

スタニスラウスはヴォルテールに感嘆していたし、名高いエミリーの業績も評価していた。さらに言えば、彼は国王ルイ十五世の舅でもあった。スタニスラウスは、ヴォルテールが来てくれればおもしろい劇の上演やパーティー、愉快なテーブルトークが楽しめると考えたのだ。ヴォルテールとエミリーにとって、シレイ城を離れてルネヴィルのスタニスラウス・レスツィンスキのもとに旅するのは、楽しいことだった。

エミリーはド・ブフレール夫人に宛てて書いている。

「男と女の愛は、けっして同じところにはとどまらないものなのですね。ああ、わたしたちの愛は、始まったころに頂点に達してしまうものなのです。頂点では、情熱の炎がもっとも明るく燃えています。でも、炎はそこですぐに燃えつきてしまうのです。世の初めから、男と女のあいだはそんなものなのです。情熱が消えてしまうと、それはもう同じ男女のあいだには燃え上がりません。わたしはしばしば、男性の方の愛が先に冷める様子を見てきました。どうしてそうなってしまうのか、わたしにはわかりませんが、それが世の習いであることは確信しております。それが男性を、肉体的にも形而上学的にも女性と区別する本性なのでしょう」

一七四八年二月初め、ヴォルテールとエミリーはルネヴィルに旅行した。彼らはスタニスラウス・レスツィンスキの居城に宿泊した。「ロレーヌのヴェルサイユ」と呼ばれる城である。レスツィンスキに仕える若い将校がおり、婦人たちの人気をさらっていた。ジャン・フランソワ・ド・サン゠ランベール侯爵である。彼は一七四八年当時、三十一歳だった。エミリーは四十一歳。彼は堂々たる体格の持ち主だった。彼がエミリーに言い寄り、エミリーも彼を受け入れた。

それは恋ではなかった。

エミリーはリシュリューに宛てて、「わたしがもっとも愛しく思っている恋人はヴォルテールさまで、あの方とともに残りの生涯を歩んでいきたいのですが、目下の愛人はサン゠ランベール侯爵です」と書いている。

ふたたびシレイ城に戻ってからの、ヴォルテールとエミリーの会話。

一七四九年一月に、エミリーはヴォルテールに言った。

「わたし、子どもができたの。相手はランベール侯爵よ」

「彼には伝えたのか？」

「あの人、興味を持たないと思うわ」

「きみのご主人には知らせなくちゃいけないよ」

「もう知らせたわ」

「それで？」

「返事が来ていないの」

エミリーはさらに、こう尋ねた。

「あなたの意見は？」

ヴォルテールは言った。

「お互いの仕事を続けよう」

ヴォルテールは『一七四一年戦史』を執筆中で、エミリーはニュートンの『プリンキピア』を翻訳中だった。

ヴォルテールは、自分と姪のルイーズ・ドゥニとの関係に、正当な理由ができたように感じていた。


ヴォルテールとエミリーは一七四九年の春に、もう一度ルネヴィルを訪ねた。スタニスラウス・レスツィンスキは、エミリーがルネヴィルの彼の城で赤ん坊を産むことを認めてくれた。サン＝ランベールも城までやってきたが、城内に住むことはなかった。

五月にフリードリヒが手紙をよこし、ヴォルテールに七月初めにベルリンまで来てほしい、と伝えてきた。

「貴殿の約束を果たしてほしい。ベルリンに向けて出発する日をきちんと知らせるように。もしもド・シャトレ侯爵夫人が貴殿が不在になることについての補償を求めるのであれば、彼女と話し合ってその代価を決め、詩人とその美しき精神が不在になる期間のあいだ、彼女にとって都合のいい歩合をお払いしよう……」

七月末、ヴォルテールは次のように返信した。

「ベルリンに参ります。ド・シャトレ夫人が産褥を離れることができ次第、こちらを発つとお約束したとおりです。おそらく九月中旬か、遅くとも九月末には発てると存じます」

八月中旬、フリードリヒは次のように書き送った。

「余が一日千秋の思いで貴殿を待っていることを承知してもらいたい。どの道を通ってくるのか知らせてほしい。貴殿がわが国の国境に到達すれば、そこに馬が待っているように手配するつもりである」

ヴォルテールはルネヴィルから返信を送った。

「ド・シャトレ夫人はまだ出産のときを迎えておりません。一冊の本よりも、一人の子どもを世に送り出す方に苦労しております」

ニュートンの『プリンキピア』の翻訳は、その間にもう完成していたのだった。

18

一七四九年九月四日、エミリーは女児を出産した。

九月十日、エミリーは意識を失い、この世を去った。

ド・シャトレ侯爵と、ヴォルテール、サン＝ランベールが臨終の場に同席していた。

ヴォルテールは衝撃を受け、城を出てよろよろと歩き、舗石の上に倒れた。後ろからついてきたサン＝ランベールが、彼を助け起こそうとした。

ヴォルテールはサン＝ランベールに向かって叫んだ。

「彼女を殺したのは、あなたです！」

エミリーの死後まもなく、赤ん坊も死んでしまった。


ヴォルテールはシレイに戻った。シレイ城ではド・シャトレ侯爵が、原稿や本、絵画や家具などの荷造りを手伝った。一群の馬車が、パリに向かって出発した。

ヴォルテールはサン・トノレのトラヴェルシエール通りに居を構えた。

彼の姪で若き未亡人のルイーズ・ドゥニが、クリスマスに引っ越してきた。

第二部

1

一七五〇年のこと。ヴォルテールはフランス国王の廷臣となり、史料編纂者としてヴェルサイユの宮廷に召し抱えられていたが、賜暇《しか》を願い出た。ルイ十五世は彼の願いを聞き入れた。ヴォルテールは姪のルイーズ・ドゥニに、手持ちの手形をすべて売り払って一緒にプロイセンに来てくれるよう頼んだ。しかし、ルイーズはそれを拒んだ。

プロイセンですって？

とんでもない！

プロイセンの宮廷へ？

お断りといったらお断りよ！

フリードリヒの方も、ヴォルテールの姪に会いたいとはこれっぽっちも思っていなかった。ルイーズ・ドゥニは、パリで言いふらした。

「わたしの叔父は、王さまと暮らすようにはできていないわ。叔父は元気過ぎるし、ちゃらんぽらんで、すごくわがままなんだから」

ヴォルテールはパリを出発する前、フリードリヒに前金の支払いを願い出た。

「少なくとも四千ターラーを頂戴いたしませんことには、上等の馬車や従者を雇うことはできませんし、わたくしが不在中の留守宅の生活費をまかなうこともできないのでございます」

ヴォルテールの経済状況からすれば、もちろん前金など必要なかった。しかし、フリードリヒにこの願いを拒むことができただろうか？

銀行家のシュプリットゲルバーに、王からの命令が下った。ヴォルテール氏に、フランスの通貨で一万六千リーブルを送金するように。

ヴォルテールはクレーフェ公国の行政区長官であるフォン・レースフェルトに宛てて、七月の初めにクレーフェの領内に到着する予定です、と書き送った。

六月二十五日、ヴォルテールはプロイセン宮廷のあるポツダムへ向けて旅立った。パリの北、八十キロほど離れたコンピエーニュに着くまで三日かかった。

フリードリヒに宛ててクレーフェで書いた手紙のなかでヴォルテールは、馬車が壊れてしまい、自分も病気なのだと訴えている。七月五日、彼はクレーフェを出発した。

「陛下、ヴォルテールは間もなく参上いたします。たとえ病で死ぬことになりましょうとも、必ず参ります」

ヴェストファーレン地方リップシュタットの司令官に、わたくしのため代りの馬車を用意するようご下命ください、とヴォルテールはフリードリヒに願い出ている。「フランス人の従者しかいない病人のわたくしにとって、自分の馬車が壊れたいま、郵便馬車でドイツを旅行するなどということは、まったく耐えがたいことです」

ハルバーシュタットから出した手紙には、「幸運にもハルバーシュタットを発つことができそうです」と書かれている。

さまざまな苦労を経て、ヴォルテールはようやく七月十日にポツダムに到着した。ポツダム市内にある宮殿で、ヴォルテールはこう告げられた。「あなたさまは陛下のご寝室のすぐそばにお部屋を与えられることになります。ベルリンの宮殿でも、そのようにせよとのご命令です」

フリードリヒはエミリー・ド・シャトレとの、ヴォルテールをめぐる戦いに、ついに勝利したのだった。いまやヴォルテールは、彼の宮廷の一員となった。ヴォルテールはフリードリヒの手中に飛び込んだのだ。

ヴォルテールを、所有したい!

シュレジア地方を、占有したい!

それどころか自分はルイ十五世にも勝ったのだ、とフリードリヒは考えようとした。ルイ十五世の廷臣で史料編纂者のヴォルテールを、こっちに連れてきたのだから。

しかし、ルイ十五世の方は、ヴォルテールに暇を出してホッとしていたのだった。

「こっちの宮廷から狂人が一人減った。フリードリヒの方には一人増えたというわけだ」

ルイ十五世は腹心の部下に、そんなことを語っている。

2

ヴォルテールをプロイセンの宮廷に縛りつけるため、また居心地をよくしてやるために、フリードリヒはあらゆる手を尽くした。ヴォルテールを侍従に任じ、プール・ル・メリット勲章を授けた。二万リーブルの年俸を認め、住まいと食事は無料で提供し、専用の立派な馬車も与えた。さらに、自分では会いたいとも思っていないヴォルテールの姪のルイーズ・ドゥニに対して、もしプロイセンに来てヴォルテールの家政を助けるなら、四千リーブルの年金を約束しよう、とまで申し出たのである。

十月に、ヴォルテールはルイーズ・ドゥニに次のように書き送っている。

「ここでは何もしないのが仕事のようになっている。暇な時間を楽しんでいるよ。一日に一時間は陛下のために、フランス語の文章や詩を少し手直ししてやっている。ここではわたしは侍従ではなく文法の先生というわけだ。それ以外の時間は自分のために使える。夜はいつも、感じのいい晩餐会とともに終わる」

いずれにせよ、ヴォルテールは『ルイ十四世の世紀』の執筆を続けることができた。

フリードリヒは国王にふさわしいぜいたくの数々でヴォルテールを甘やかしていた。まるでビロードの手で撫でまわすようなものだったが、ヴォルテールはそれが虎の前足であることを忘れていた。虎は、一撃で相手をずたずたに引き裂くこともできるのだ。

サンスーシ宮殿の大理石広間で開かれた晩餐会。

フリードリヒの命令で集められた参加者の面々のなかには、ヴォルテールを個人的に知る人々もいた。アカデミーの会長のモーペルチュイ。侍従でありフリードリヒの使者として、何週間もシレイ城に滞在したことのあるフランチェスコ・アルガロッティ伯爵。フリードリヒはラインスベルク城での皇太子時代から、自分の晩餐会の客たちを侮辱的な冗談で狙い撃ちにする傾向があった。皇太子を怒らせることなくその冗談にふさわしい答えを返すのは、至難の業だった。若い国王に敬意を払いつつしっぺ返しをするのは、さらに難しいことだった。

フリードリヒは自分の優位な立場を思う存分に利用した。彼がもっとも好んで冗談の種にしたのは、カール・ルートヴィヒ・フォン・ポルニッツ男爵だった。

ポルニッツが病気のために国王の旅行に同行できなかったため、フリードリヒは次のようにたしなめた。

「貴殿には病気の方を待たせておくことはできなかったのか?」

男爵の死後、フリードリヒはヴォルテール宛の手紙にこう記した。

「例のポルニッツは、生きていたときと同様、死んだときも詐欺師であった」

ポルニッツの死を悼むのは、彼に金を貸していた者だけだ、とフリードリヒは言うのだった。

サンスーシ宮殿での晩餐に参加していたのは、「人間機械論」の哲学者、ジュリアン・オフレ・ド・ラ・メトリ。アカデミーの哲学部長でありダルジャン侯爵でもあるジャン・バプティスト・ド・ボワイエ。軍の中佐でもあるエグモント・フォン・シャソー伯爵。フランス大使のティルコネル子爵。フリードリヒの秘書で本の朗読係のクロード・エチエンヌ・ダルジェ。キース兄弟は、ジェイムズが元帥でジョージが総督だった。クリストフ・ルートヴィヒ・フォン・シュティレ将軍。フリードリヒ・ルドルフ・ローテンブルク伯爵は、中将だった。食卓で、ヴォルテール自身は王と崇められていた——精神界の王である。

3

自分が思うとおりに執筆するためには、経済的に自立していなければいけないということを、ヴォルテールは早い時期から悟っていた。

「貧しくて人から蔑まれている作家たちをわたしはあまりにもたくさん見てしまったので、自分がその一員となってさらにそうした作家の数を増やすのはやめようと、ずっと前に決心したのだった」

一七二六年五月にイギリスに渡る前、ヴォルテールはパリの地方債券に投資をした。しかし、パリ市は債権者に対する義務をきちんと果たさなかった。

ヴォルテールは次のように述べている。

「わたしは市役所のせいで、年金をすべて失うような災難に遭った……」

パリ市は後になって、債券の所有者に賠償金を払おうとした。金融監査のトップにいたミシェル・ロベール・ル・プルティエ・デ・フォールは、宝くじを発行した。市の債券の所有者で損失を被った者だけが、この宝くじを買う権利を持っていた。くじは債券の額面一千リーブルごとに一リーブルという値段だった。くじの売上額と政府からの高額の補助金が、賞金に当てられていた。くじ引きは毎月行われていた。

一七二九年、イギリスから帰ってきたヴォルテールは、数学者のシャルル・マリー・ド・

ラ・コンダミーヌと相談した。

二人はすぐに、毎月の賞金額がくじ全部の値段よりも高いことを発見した。あとは、くじを買う権利を持っている何人かの債券所有者を見つけるだけでよかった。

ヴォルテールはそうした人々を探し出した。彼らは一緒に翌月のすべてのくじを買い占め、賞金を山分けした。

ヴォルテールには五十万リーブルの利益があった。


もともとの財産とその利子に加え、著作や戯曲の上演によってもたらされる収入もあり、さらには友人たちに貸した金の利息や、デュムラン氏の製紙工場の利益と、フランス軍に食料品を配達する事業から上がる利益もあった。それに加えて一七五〇年以降は、フリードリヒに与えられた年俸二万リーブル、換算すれば五千ターラーがある。

しかしヴォルテールは、プロイセンにいるあいだにさらに収入を得ようともくろんでいた。

プロイセンに到着してまもなく、ヴォルテールはプロイセンの〈保護を受けているユダヤ人〉、アブラハム・ヒルシェルと知り合いになった。ヒルシェルはベルリンのハイリゲンガイスト通りで宝石店を営んでいた。十一月、ヴォルテールはヒルシェルからダイアモンドを借り受けたが、それはフリードリヒの弟であるハインリヒ王子のためにヴォルテールの戯曲『救われたローマ』が上演された際、キケロを演じたヴォルテール自身が身につけるためであった。

おそらくヒルシェルがヴォルテールに、ザクセン選帝侯国の租税債券を使った効率のよいビジネスについて話したのだろう。これらの租税債券はザクセンでは著しく価値が下落していたが、プロイセンの臣民に対しては、額面通りに支払われ、利子もつけなければいけないことになっていた。一七四五年十二月二十五日にプロイセンとオーストリア、ザクセンのあいだで結ばれたドレスデン平和条約の第十条に、そのように書かれていたのである。

ヴォルテールはヒルシェルに、ザクセンの租税債券——つまりは国債である——を買い占めるよう依頼した。

もっとも、ヴォルテールはプロイセンの臣民というわけではなかった。彼はただ、フリードリヒの保護を受けている立場を利用しようと思ったのである。

ところが、商売熱心なプロイセン人が何年ものあいだザクセンの証券を使って行ってきた活発な商いが、結局は王の命令により、一七四八年五月八日に禁止されてしまった。

ヴォルテールはザクセンの国債で充分な利益が上がることを見込んで、合計一万ターラー以上の五枚の為替手形をヒルシェルに手渡していた。その担保としてヒルシェルはヴォルテールのもとに、相当数のダイアモンドを残していったのである。ヒルシェルはライプツィヒにいる仕事仲間で銀行家のホーマンに為替手形を送り、自らはドレスデンに向かった。ホーマンは一万ターラーのうち八千ターラーをヒルシェルのために取り置き、あとの二千ターラーをドレスデンに送った。ヒルシェルは手形をパリの銀行「ルルタン&ボォル」に送った。その手形には公証人ドゥラルーの署名があったので、「ルルタン&ボォルル」はドゥラルーに手形を提示した。

ヴォルテールはヒルシェルに、額面の六十五パーセントの値段でザクセン国債を買うよう依頼していた。ヒルシェルはベルリンのヴォルテールに宛てて、国債はいまや七十パーセントの値段でしか買えないし、それも近いうちに七十五パーセントになるだろう、と連絡した。

フリードリヒは十一月二十九日にこの取引計画を耳にし、憤慨した。

ヒルシェルはヴォルテールに証券を送らなかった。

ヴォルテールはパリにいる公証人ドゥラルーに、自分名義の手形に現金を支払わないよう指示した。

十二月十三日、ヒルシェルはドレスデンに戻ってきた。

彼はポツダムに滞在していたヴォルテールに宛てて、ザクセン国債が買えなかったことを報告した。

ベルリンに戻ってきたヴォルテールは、ヒルシェルに手形を返すように迫った。手形と引き換えに担保のダイアモンドを返す、と言ったのである。

しかしヒルシェルは、ダイアモンドの受け取りを拒んだ。そして、ヴォルテールがいくつかのダイアモンドを価値のない模造品と取り換えた、と主張した。

十二月末に、ヴォルテールはヒルシェルに対する訴訟を起こした。自分はヒルシェルにそそのかされてこの取引に引っ張りこまれてしまった、と説明し、すべての委託金と手形の返却を求め、さらにヒルシェルから受け取った装飾品の鑑定も要求した。

訴訟は長引いた。

ヴォルテールは憔悴し、ポツダムの城門の前にあるダルジャン侯爵の別荘で静養させていただきたい、と人を介してフリードリヒに願い出た。

しかし、フリードリヒはその願いを聞き入れなかった。

4

判決は一七五一年の二月十八日に下った。ヒルシェルはヴォルテールに手形を返し、ヴォルテールは宝石をヒルシェルに返却すべし、というのがその内容だった。

一週間後、ヴォルテールとヒルシェルはそれぞれ、判決に対応した和解文書に署名した。

訴訟の最中から、あらゆる新聞が二人の法的な争いについて書きたてていた。

フリードリヒは、この事件のせいで自分の評判に傷がつくのではないかと恐れた。そして、ヴォルテールについて、次のように発言した。

「これが王に尊敬されていた男の正体か！」

フリードリヒはただちにヴォルテールを侍従職から解雇するつもりだった。

そのころ、ヴォルテールが裁判所に提出したいくつかの陳情書をドイツ語に翻訳し、ときおり裁判の通訳も務めたレッシングという二十二歳の学生が、ある不名誉な役割を演じることになった。

裁判の結末について、レッシングは一篇の格言詩を創作したのだが、その最後の連は次のようになっていた。

「なぜユダヤ人のたくらみが
まんまと成功しなかったのか、
その理由をかいつまんで述べるなら、
答えはおおよそ次のよう、
V氏がもっと上手の詐欺師だったというわけさ」

ヴォルテールの失敗に終わった投機の試みを許してやっていたなら、国王であり友人としてのフリードリヒは株を上げることになっただろう。

国王として、友人として、思いやりを示す代わりに、二月二十四日にフリードリヒから手紙が届いた。名誉欲の強い泥棒のようなフリードリヒ、オーストリア人からシュレジア地方を盗んだこの国王は、「フランスのヴェルギリウス」「フランスで最も知的な男」とたたえられたヴォルテールを、まるで小学生のように叱り飛ばしている。

「貴殿はユダヤ人と、この世で一番みっともない取引をした。ベルリン中で最も忌むべき評判を手に入れてしまった。ザクセンの証券を使った事件はザクセン選帝侯国ではとても有名になり、それについての重大な訴えが、余のところまで持ち込まれている。貴殿が到着するまで、余の宮廷は平穏無事だった。ここで警告しておこう。もし貴殿が陰謀をたくらんだり策を巡らしたりすることに情熱を傾けたいのなら、余の宮廷はそれに不向きな場所である。(中略)もし貴殿が(中略)世間をみな敵に回して争おうとするなら、貴殿が宮廷にいることは余の喜びとはならないし、貴殿はベルリンにもいられなくなることだろう」

ヴォルテールは神妙にせざるをえず、次のような返事をしたためた。

「つらつらと考えてみますに、ユダヤ人相手に訴訟など起こしましたのは、わたくしの大きな間違いでございました。陛下ご自身と、陛下の聡明なお考え、陛下の善良なお心に、衷心からお許しを乞う次第です。わたくしは焦っておりまして、自分がだまされたことを証明したいと思うあまり、錯乱しておりました。だまされたということは証明できました。（中略）わたくしは陛下に自分の人生をお預けしております。（中略）陛下の兄弟であるヴォルテールに憐れみをおかけください……」

二月二十八日、フリードリヒはポツダムから書いてよこした。

「もしポツダムに来たいと望むのであれば、貴殿の心のままにしてよい」

フリードリヒはその間に、ヴォルテールに対してダルジャン侯爵の別荘に移ることを許可していた。

フォス新聞とハウデ・シュペナー新聞が三月九日に、ヴォルテールがポツダムでダルジャン侯爵のところに移った、と報じている。

5

フリードリヒの友人でもあり、本を朗読する係でもあったラ・メトリは、ときおりフリードリヒに向かって、彼がヴォルテールに与えている特典が宮廷で妬みや嫉みを引き起こしている、と告げていた。

フリードリヒはこう答えている。

「好きにさせておいてくれ。余がヴォルテールを必要とするのは、せいぜいあと一年間だ。オレンジをぎゅうぎゅうに絞って、皮を捨てるようなものだ」

ヴォルテールが言うには、ラ・メトリは国王のこの言葉を、ヴォルテールに直接伝えたそうである。ヴォルテールはラ・メトリをもう一度問いただしたいと思ったが、ラ・メトリはその後すぐ、フランス大使ティルコネルのところで開かれた晩餐会のあとに死亡した。彼はトリュフが入ったパテを丸々一切れ平らげたそうだが、ひょっとしたらトリュフが腐っていたのかもしれない。

「オレンジを絞る」という国王の言葉を、ヴォルテールは忘れることができなかった。ったかもしれない。彼は姪のルイーズ・ドゥニに宛ててこう書いている。

「わたしはいまだに、ぎゅうぎゅうに絞られたオレンジの夢を見る。国王のそんな言葉を信じたくはないが、そう考える自分自身が、妻は貞節だという考えにしがみついている寝取られ男のようになっているのではないかと恐れている。哀れな男たちは心の底では、不幸を予言する何かを感じているものだ」

オレンジの皮を安全な場所に移さなくてはいけない、とヴォルテールは言い、所持金をフランスにあるヴュルテンベルク公爵の別荘に預けた。

フリードリヒに仕える将軍であったクリストフ・ヘルマン・フォン・マンシュタインは、一七一一年ペテルブルク生まれで、一七四五年にプロイセン軍に入ったのだが、その時点でまだロシアでの勤めから解任してもらうことができていなかった。彼はロシアが置かれている状況についての回想録をフランス語で書き、ヴォルテールに文法の誤りを直してくれるように頼んだ。マンシュタインとの話の最中に、フリードリヒのフランス語の原稿が語学的なチェックのために届けられた。

ヴォルテールはマンシュタインとの話を中断した。

そして、次のように言ったそうだ。

「親愛なる将軍、ご覧のとおり、わたくしはいまから、国王の汚れ物を洗わなくてはいけません。それが終わりましたら、またあなたの原稿に取りかかります」

6

フリードリヒの近侍であるミヒャエル・フレーダースドルフが、しばらく前から病気になっていた。彼が病んでいたのは痔核だった。

あらゆることによく気がつくフリードリヒは、フレーダースドルフの痔核についても心を砕いた。そして、自分の侍医であるコテニウスに依頼して、フレーダースドルフを診察させた。

一七五〇年の八月、フリードリヒはフレーダースドルフに宛てて手紙を書いた。フレーダースドルフはフランス語ができなかった。そのため、フリードリヒもドイツ語で手紙を書いたのである。

「びょうきになるとくるしむは、とてもふかいなことだ。でもがまんしかほうほうがなければ、がまんするしかないだろ！　きとよくなるし、もとげんきになる。ただもしもほっさがおきたらくすりをあたためてのむよい。そうしなければだめだしだれもたすけられない。もとがまんして、3かげつのあいだ、コテニウスがいいというものいがいはなにもたべるな。あたらしいいしゃさんにたくさんかかるよりも、そのほうがきとよくなるとしんじるよ。さくらのはながいちにちでひらいてみをつけるのむり。それとおなじでおまえは4しゅうかんではとてもなおらないよ……

Fch（フリードリヒのサイン）」

フリードリヒは心配していた。近侍のフレーダースドルフの状態は悪くなっていた。フレーダースドルフは不安に駆られていてもたってもいられず、王の侍医であるコテニウスだけでなく、他の医師たちの診察も受けずにはいられなかったのである。

一七五一年の九月に、フリードリヒはフレーダースドルフに宛ててこう書いている。

「そなたのびょうきがわるくなたは、ざんねんだ。ぜったいにほかの……やぶいしゃさんにあうひつようないね。それはしぬためにいちばんいいほうほだ。あのいたりあじんがどんなひとか、わからないから！　余のじょげんは、コテニウスからはんなれないこと。

かみさまがまもてくださるように。

Fch」

フリードリヒはそれほど医者たちを尊敬していなかった。ただ、コテニウスだけは信用していた。フリードリヒはさらに、自分自身の医学の知識に重きを置いていた。

十一月、フリードリヒはまたしてもフレーダースドルフに書き送っている。

「いまではそなたのじょうたいが、はきりとわかた。ひどいほっさは、じかくだけがげんいんだ。だからいまコテニウスはなおすくすりをもて、ちがでているをやわらげるためにつかわなくてはいけない。じかんがたて、こうかがあたとしんじられるようになるまで。しゃけつしたら、しゅっけつがとまたというから。……かみさまがまもてくださるように！

からだにきをつけて、むかしのしんぱいわすれて！

Fch」

十一月にはさらにもう一度、手紙が送られた。

「もしそなたがこんげつ、このさいごのねつとぐあいわるいところをのりこえれたら、もうなおるだろう……だんだんといちばんひどいのほっさは、なおていくとおもう。からだはもとつよくなて、ちがでるも、ずーいぶんとよくなるし、ぶっしつがすくなくなて、つまりきずがなおるのはず。

かみさまがまもてくださるように！……

Fch」

十二月には、

「……こんげつはできるだけたくさん、ハーブティーとおなじようなくすり、つかうことをねがう。しゅっけつよくなる。だからなおるをまつ……

かみさまがまもてくださるように！

Fch」

そして、もう一度。

「またねつでた、きいてざんねんにおもた。きとからだをひえたせいではとおもて、しんぱいする……

かみさまがまもてくださるように！　そしてきをつけて！

Ｆｃｈ」

一七五一年の十二月には、ヴォルテールの大きな歴史研究である『ルイ十四世の世紀』が、プロイセン国王の印刷所であるベルリンの「Ｃ．ｆ．ヘニング」から出版されている。ヴォルテールはこの著作のために何年もの歳月を費やしたのだった。

一七五二年の一月、フレーダースドルフの具合はあまりにも悪くなったので、フリードリヒはこの近侍が死ぬのではないかと恐れた。

つい二、三週間前に、フリードリヒが親しくしていたローテンブルク伯爵が亡くなったばかりだった。フリードリヒはひどく悲しんでいた。

フリードリヒ・フォン・ローテンブルク伯爵は、軍の中将であり、シュレジアの戦争で功績を上げ、王の外交官としても実績があった。夏のあいだ、ローテンブルクはいつも、サンスーシ宮殿の西側にある円形の建物の、五番目の客室に泊っていた。

ローテンブルクの死の翌日、フリードリヒはバイロイトにいる姉のヴィルヘルミーネに宛てて、次のように書いている。

「昨日、ローテンブルクがわたしの腕のなかで亡くなりました。（中略）わたしの目には、苦痛以外の何ものも映りません。わたしの思考も、すべて一人の友人を喪ったことをめぐって回っています。わたしは彼と十二年間も、完ぺきな友情を結んでいたのです」

フリードリヒの身辺では二人の友人が相次いで死去していた。エチエンヌ・ジョルダンと、ディートリヒ・フォン・カイザーリンクである。

ジョルダンは一七三六年以降、当時はまだ王子だったフリードリヒの秘書を務め、ラインスベルク城の図書室の管理も任されていた。フリードリヒに本を朗読する係でもあった。フリードリヒの戴冠後は、プロイセン王国の大学事務局の長であったが、一七四五年五月に亡くなったのである。

フォン・カイザーリンクは将校で、一七二九年以来、王子の話し相手を務め、ラインスベルク城における親しい友人であった。フリードリヒの戴冠後は高級副官に任命されていた。その彼も、一七四五年八月に死去している。

そして、シャルル・エジド・ドゥーハンの件があった。フリードリヒ・ヴィルヘルム一世が、自分の息子であるフリードリヒの教育係に任命した人物である。フリードリヒが一七三〇年に宮廷から脱走する計画を立てたため、フリードリヒ・ヴィルヘルム一世の不興を買った。ドゥーハンはフリードリヒの戴冠後、外交担当の枢密顧問官となり、アカデミーの名誉会員に選ばれている。ドゥーハンも一七四六年一月に亡くなった。

キュストリーン時代から慣れ親しみ、ラインスベルク城の近侍であり、戴冠後も忠実に執事として仕えてくれたフレーダースドルフまでが、死んでしまうのだろうか？

フリードリヒは一月二十四日にこう書いている。

「もしこのせかいに、そなたをにふんでなおすほうがあったら、それをかいたいおもう。よくあるように、とてもたかいかもしれなくて、でもかまわない。だが、しんあいなるフレーダースドルフ、そなたは三十にんもいしゃをためした！　そのせいでむしろわるくなった……コテニウスが余に、まだそなたをなおす、きぼうはあるとほしょうした。もっといいいしゃがいたら、すぐにそちらおくりたい。
かみさまがまもてくださるように！

Ｆｃｈ」

そして二月の初めには、次のような手紙が送られている。

「……そなたのじょうたい、おおきなきせきがないとたすからない、わるくなったときいた。いちばんいいのは、あさあせがでるをまち、あせをかいて、しょうかにわるいものやしおからいたべものを、けしてたべない。ちからがまたもどるまでは、かいたり、しごとしない。しらないくすりやちゅうしゃ、かんちょう、すすめられてもつかわない……

かみさまがまもてくださるように！

Fch」


二月二十二日の手紙。


「そなたのびょうきについてしらべる、とてもどりょくをした。いまではびょうきのことわかる。コテニウスとも、ひつようなものついて、すべてはなしをした。しかしねつがそんなになおいことさがらないは、もちろんよくない。それでつぎのようにおもう、そなたはくすりをちゃんとのむちゅういをしていない、それともなにかをひどくしょうりゃくしている。……余のことをおもて、そなたをうしなうかなしみはさせないで。……じぶんでじぶんをころしたローテンブルクのことをおもいなさい。あれはハンガリーのワインとあついスープのみすきて痛風をからだにいれた……

かみさまがまもてくださるように！

Fch」

春になると、フレーダースドルフの健康状態は次第によくなってきた。

フリードリヒは警告に徹するようになった。

「コテニウスはこころのそこでは、しらないいしゃをみなきらっている。よそのいしゃがそなたをわるくしたというよ……」

「……しごとをするはまだはやすぎる！　さいしょにちからをあつめなくては、またものをかいたときにねつでることとある……」

「ひるまも、はんじかんか、いちじかんねて……えいようのあるスープつくってもらて、スパイスいれずに、コンソメで……」

パリのランベール書店が一七五一年に、十一巻に及ぶヴォルテールの著作集を出版したが、この年、ドレスデンの出版業者で宮廷の御用達書店主、ゲオルク・コンラッド・ヴァルターもヴォルテールの作品集「ヴォルテール氏著作集」を出版し始めた。

十月、ヴォルテールは『一七四一年戦史』を完成させた。

7

ピエール・ルイ・モロー・ド・モーペルチュイは数学者で天文学者でもあり、フランス科学アカデミーの委託によって、一七三六年にラップランド探検に参加した。その探検の際に、彼は経線の弧長測量によって、地球が扁球であることを証明したのだった。そのモーペルチュイが、一七四六年以来、ベルリンのプロイセン王立科学アカデミーの会長を務めていた。

彼は「宇宙学についての考察」という論文で、最小作用の法則というものを発見した、と主張していた。最小の力を使うだけで、自然のなかのあらゆる動きが引き起こされる、という考えで、自然というものは非常につつましい、ということになっていた。彼はこれを「つつましさの法則」と名づけた。

しかし、数学者でハーグのオラニエ公の公子の司書でもあるザムエル・ケーニヒはこれに反論した。ライプツィヒで出版されている「アクタ・エルディトルム」の一七五二年三月号に載った彼の返答には、ライプニッツが一七〇七年に書いた手紙の一部が引用されて付け加えられていた。

「わたしは、動きの変化については、その作用が通常最大もしくは最小になることに気がついた」

ヴォルテールは、フリードリヒがヴォルテールをオレンジにたとえた例の言葉を知っているモーペルチュイが、フリードリヒに向かって、ヴォルテール氏は陛下のフランス語の詩を下手くそだと言っています、と告げたのではないかと考えていた。

「あれ以来、陛下の晩餐会がそれほど楽しいものではなくなったのに気づいた。わたしのもとには、添削用の原稿があまり来なくなった。陛下のご不興を買ったのは明白だ。

アルガロッティ、ダルジェ、（中略）そしてシャソーという、陛下のもっとも有能な将校の一人が、一度に陛下のもとから離れていった。わたしも同じようにするつもりだった。しかし、その前に、出版したばかりのモーペルチュイの本をからかってやろうと思ったのだ。（中略）このお気楽男は、大まじめに、次のような提案をしている。（中略）脳の様子から魂の性状を確かめるために、巨人の頭を解剖すること。ラテン語だけが話される都市を建設すること。地球の中心まで届く穴を掘ること。黒い樹脂を肌に擦りこんで病気を治すこと。最後にはこんなことまで提案している。人の心を高揚させて、未来を予言させること。

あの当時は、数学的なたわごとを証明するために、まじめくさった場面が展開されたものだ。

モーペルチュイはそのたわごとを、自分の発見として公表しようとしていたのだ」

「つつましさの法則」は、法則とはいえなかった。

モーペルチュイは沈黙する代わりに、ザムエル・ケーニヒの方を黙らせようともくろんでいた。彼はケーニヒに、アカデミーの名において、ライプニッツの手紙のオリジナルを提出するように要求した。ザムエル・ケーニヒはベルン在住のザムエル・ヘンツィが所有している手紙の写ししか持っていなかった。

一七五二年四月十三日、モーペルチュイはアカデミーの会員たちに、ライプニッツの手紙の写しは偽物だと判定させた。

ケーニヒ氏に対しては、有罪の判定が下された。偽造した手紙によってモロー・ド・モーペルチュイ氏の名誉を傷つけた、というのである。

ザムエル・ケーニヒはアカデミー会員のリストから除名されることになった。

この判定に署名したのは数学者のレオンハルト・オイラーと、アカデミーの常任書記のジャン・アンリ・サミュエル・フォルメイであった。スイスの哲学者で教育学者のヨハン・ゲオルク・ズルツァーも署名していた。オイラーはこの判定をアカデミーの会議の席上で読み上げた。

しかしライブニッツの手紙の偽造について、オイラーがほんとうに納得していたかどうかは疑問の余地がある。

さらにいえば、このことに関する専門知識を備えていたのは、オイラーとモーペルチュイだけだった。しかし彼らは原告だったから、本来なら判定に加わる資格はなかったのだ。

ズルツァーが大胆にも口を開いた。自分はオイラー氏が読み上げたことに同意できないし、このように不規則な手続きに署名することはできない。

ズルツァーは後に、自分の名前は審査官のリストに載っているが、判定に参加したわけではないと説明している。

ズルツァーが一度逆上しただけで、もう充分だった。モーペルチュイはズルツァーがアカデミーの年金をもらえなくなるように取り計らった。

ザムエル・ケーニヒはアカデミー委員会に対して先手を打っていた。モーペルチュイのところにアカデミーの会員証を送り返してきたのだ。

何年も前に、ケーニヒはヴォルテールとエミリーがいたシレイ城の客になったことがあった。彼はエミリーに、数学の講義をした。

ヴォルテールは次のように書いている。

「ベルリンでは、人々はただ肩をすくめるだけだ。フリードリヒがこの不幸なできごとに首を突っ込んだために、もう誰も何も言おうとしない。声を上げたのはわたし一人だった。ザムエル・ケーニヒはわたしの友人だからだ。わたしは友人の事件を機に、作家としての自由を守ることができた。（中略）このように行動できる作家は少ない。ほとんどの作家は貧しいし、貧しさが勇気を鈍らせるのだ……」

ヴォルテールはザムエル・ケーニヒの側に立ち、九月十八日に「理論の本棚《ビブリオテーク・レゾネ》」という雑誌に載った匿名の記事「ベルリンのアカデミー会員がパリのアカデミー会員に答える」のなかで、次のように書いた。

「アカデミーの何人もの会員が、このようなひどい手続きに対して抗議しました。もし彼らの保護者である国王の不興を買う恐れさえなければ、彼らはアカデミーを去ることも辞さなかったでしょう」

モーペルチュイの保護者であるフリードリヒには、同じく匿名の論争文「ベルリンのアカデミー会員の、パリのアカデミー会員に宛てた手紙」によってアカデミー会長であるモーペルチュイを援護する、という以上にいい案は浮かばなかった。フリードリヒはもちろん、「ベルリンのアカデミー会員がパリのアカデミー会員に答える」を書いた匿名の筆者が誰なのかを知っていた。そこで彼は、自分がひいきにするモーペルチュイにおもねり、ヴォルテールを侮辱的なまでに攻撃した。

「悪意に満ちた文書のみすぼらしい筆者、無能の訴状記者、そして、賞賛すべき名前を持つ人物の、軽蔑すべき敵！」

こうなると、ヴォルテールの方も止まらなくなった。彼は「教皇の侍医アカキア博士の怪文書」という風刺文を使って返答した。

「怪文書」の初めに、パンクラティウスという名前の大審問官の布告がある。この大審問官は、モーペルチュイの「書きもの」に、呪いに値する異端の言葉を嗅ぎつけた。そして、「知者の評議会」から、モーペルチュイの物理学的・数学的・力学的・形而上学的理論は、いずれも滑稽なものであると暴露する鑑定書を取り寄せたのである。

この「怪文書」に後から付け加えられた部分で、モーペルチュイとザムエル・ケーニヒは平和協定を結ぶ。

第十一項には、このように書かれている。

「地球の中心まで開けようとしている穴に関する企ては、ここで正式にやめようと思う。なぜなら真実は、よく知られているように井戸の底に見出されるものだが、地球の中心まで達する井戸はあまりにも建築が難しいからだ。バベルの塔を立てようとした労働者たちは死んでしまった。それに、開口部がいささか大きすぎるので、どんな支配者もこの穴とは関わりを持ちたがらないだろう。少なくともドイツ全体を掘り返さなくてはならないのだが、そうなるとヨーロッパのバランスを保つにも著しい障害が出るだろう。だから、大地の表面はいまのまま、そっとしておこう。地面を掘るときにはいつだって注意しよう。そして、できるだけ物事の表面にとどまるようにしよう」

平和協定に続いて、ザムエル・ケーニヒの宣言があり、アカデミーの書記長がそれを読み上げる。

そこにはこう書かれている。

「互いに争っているグループ同士の和解を容易にするために、教授殿は会長殿の原則『オリジナルが示せない文書は偽造された文書である』を無視することにした。このことで、会長殿が我々の聖なる宗教の聖典にも疑いを抱いているなどという推測が導かれてはならないのである……」

ヴォルテールはフリードリヒの前で「怪文書」の原稿を読み上げた。

フリードリヒはアカデミーの会長を弁護せざるをえなかったので、ヴォルテールにこう命じた。

「貴殿の反論を焼却せよ！」

宮殿の王の部屋、ヴォルテールの目の前で、「怪文書」は火に投げ込まれた。

ヴォルテールには、このとき以上にひどい屈辱を受けた記憶はなかった。

しかしながら――ヴォルテールは王の許可を得ずに「怪文書」をすでに印刷に回しており、相当な部数をザクセンに送っていたのだった。

「怪文書」がすでに印刷されていることを聞き知ったフリードリヒは、印刷所に残っているものを没収させた。

フリードリヒはこの本を引き裂き、公衆の面前で火にくべるように命じた。

命令は遂行された。

一七五二年のクリスマスの日、「怪文書」はベルリンのジャンダルメン広場で火に投げ込まれた。

十二月二十六日のシュペナー新聞にはこう書かれている。

「午後、この都の最も上品な広場において、『怪文書』というタイトルの恥ずべき悪書が死刑執行人の手で公に火刑に処された。この悪書の著者はヴォルテール氏と目されており、アカデミーの会長、フォン・モーペルチュイ氏に反対して書かれたものである」

ヴォルテールはフリードリヒについて、次のように述べた。

「国王のモットーは、自分が立てたものであれ騒音はご免だ、というもので、彼はこの件について書かれた書物をすべて、火にくべさせた。といっても、国王自身が書いた文書だけは別だが」

ヴォルテールには危険が迫っていた。彼はプロイセンを離れたがっていた。

「名誉ある逃走がしたいと願うのみである」

8

一七五三年一月一日、ヴォルテールは自分の勲章と侍従の鍵をフリードリヒに送り返した。しかし、そのあとすぐにフリードリヒが信頼する侍従長であるミヒャエル・フレーダースドルフが現れ、ヴォルテールに勲章と鍵を渡した。

「（フリードリヒは）わたしをとどめるためにあらゆることを試みている。（中略）国王がわたしと一緒に晩餐をとることを希望したので、わたしはダモクレス（紀元前四世紀、シラクサの独裁王ディオニシウスに仕えていた廷臣。国王は彼を祝宴に招き、その頭上に一本の馬の尾の毛で剣を吊るさせた）の最後の晩餐に出かけていった。その後、わたしは『また参ります』と言って下がったが、心のなかではこの生涯、もう二度と国王に会うまいという固い決意を抱いていた」

ヴォルテールは名誉ある決別を望んでいた。逃亡したり、解雇されたように見えるのは嫌だった。彼はフリードリヒに、フランス北東部のプロンビエールで療養するための休暇を願い出た。

三月十六日、フリードリヒからの最終的な通告があった。

「貴殿は余の宮廷から暇乞いをするために、プロンビエールでの温泉療養を口実にする必要はない。貴殿は望むときにいつでも、プロイセン宮廷の職務を離れることができる。ただし、出発の際には職務契約と勲章、鍵、余が貴殿に特別に手渡した私家版の詩集を返却しなければならない」


三月二十六日、ヴォルテールはベルリンからライプツィヒに向け出立した。

しかし彼はプール・ル・メリット勲章と侍従の鍵、フリードリヒからの親書、国王自らの私家版詩集などを返さなかった。この詩集はフリードリヒが一七五二年に、最も親しい人々のために印刷させたものである。ヴォルテールは、詩のスタイルに関してフリードリヒのために数々の添削を行ったのだから、自分にはこの詩集を持っている権利があると思っていた。

フリードリヒが四月十一日に、ヴォルテールから勲章と侍従の鍵、手紙と詩集を取り戻す準備を始めたとき、ヴォルテールはまだライプツィヒに滞在していた。そこでヨハン・クリストフ・ゴットシェートと、出版業者のベルンハルト・クリストフ・ブライトコップを訪問していたのである。

ヴォルテールに関する命令は、帝国自由都市フランクフルトに駐在するプロイセン公使で軍事顧問官のフランツ・フォン・フライタークに対して発令された。

四月十二日、フリードリヒはバイロイトにいる姉のヴィルヘルミーネに対しても、王の特使によってヴォルテールからこれらの品々を取り上げてくれるようにと頼んでいる。

しかしヴォルテールは、その後の旅でバイロイトを通るのを避けた。

四月中旬、ヴォルテールはゴータに到着した。ルイーズ・ドロテア・フォン・ザクセン＝ゴータ＝アルテンブルク公爵夫人の宮廷の客となるためだった。彼女について、ヴォルテールはこう書いている。

「彼女はこの世で最上の、もっとも善良で人を理解する力があり、バランスのとれた公爵夫人で、ありがたいことに詩なんか作らないのだ。

それからわたしは数日間を、カッセルにあるフォン・ヘッセン方伯の農園で過ごしたが、この伯爵はゴータの公爵夫人よりもさらに詩には疎い人物であった。わたしはそのおかげで一呼吸つくことができた。それからゆっくりと、フランクフルトに向けて進んでいったのだ」

五月三十日、ヴォルテールはフランクフルトに到着した。そして、「金獅子亭」という宿屋に部屋をとった。

9

フリードリヒが四月十一日にフランクフルトに住むプロイセン公使の軍事顧問官フライタークに出した命令は、すでに届いていた。

命令書を書いたのはミヒャエル・フレーダースドルフだったが、母語であるドイツ語を使いこなそうという彼の努力は、最初の部分ですでに挫折しているように見える。

「陛下はヴォルテールがフランクフルト・アム・マインを陛下のめいれいより早く通過するではないかと知らせ、当地の宮廷こもんかんシュミットをこの件に引き入れて、ヴォルテールを国王陛下の名において、侍従のかぎとくんしょうと詩集をとり返すように頼んでおられる。さらにヴォルテールがポツダムから送った小包や包装ぶつがフランクフルトにあてられていたら、そこには陛下が手づからお与えたたくさんの手紙や原稿もあるはずなので、ヴォルテールがもている箱もきでんの目の前で開けて、書かれているものはすべて取り上げて、どんな中身であろうと本も同じようにするように。しかしヴォルテールはとても悪だくみがあるので、きでんは二人とも用心をして、ヴォルテールが何も隠したり横りょしたりしないように。すべてよく調べて受け取ったら、よく包みてポツダムにいるわたしに送らなくてはいけない。もし彼が進んで上の命令の従わないようだったら、たいほすると脅すべきである。そしてもし協力しないなら、ほんとうにたいほして、妥協しないですべてをうばってそれから旅立させる。きでんに好意をもって。

署名　Frch」

フレーダースドルフはしかし、命令書に「資金」を添えるのを忘れてしまった。

軍事顧問官フライタークはポツダムに問い合わせ、四月二十九日に二通目の命令書を受け取った。今回もフレーダースドルフが書き、フリードリヒが署名していた。

「陛下はかしこくも答えをお与えになる、ヴォルテールがフランクフルトを通過する際に最初の命令と同じにするように。もしも包みがすでに通過してしまていたら、ヴォルテールは陛下のすべての原稿が返されるまでたいほしておくべき。そしてヴォルテールは包みをフランクフルトに戻してきでんが見られるようにしなければいけない。一番戻されなければいけない本は、『詩の作品』という名前つけられている」

この二通目の命令書を読んでも、フライタークはよく理解できなかった。一通目の方では、ヴォルテールから「書かれているものはすべて」取り上げるようにと言われていたのに、二通目では「陛下のすべての原稿」となっている。

フライタークは『詩の作品』というタイトルを見ても、何が何だかわからなかった。命令書のなかには、それが印刷物なのか手書きなのかも書かれていなかったし、その著者が誰なのかもわからなかった。

プロイセン公使のフライタークについて、ヴォルテールは後に、この男はドレスデンでさらし台に繋がれてさらし者にされ、荷馬車を引くようにという判決を受けてから追放されたのだ、と書いている。フライタークはフランクフルトでプロイセン国王の窓口になったのだった。もう一人、国王から命令を受けた宮廷顧問官のシュミットの方は、貨幣を偽造したかどで罰を受けたのだとヴォルテールは主張している。

ヴォルテールが到着した翌日、フライタークは「金獅子亭」にやってきた。一緒に立ち会うはずだったシュミットは、ちょうど町を離れていて不在だった。フライタークはシュミットの代わりに、市参事会員のリュッカーを連れてきた。さらにプロイセンの募兵将校にも同行を求めた。

ヴォルテールは非常に不機嫌だったが、すぐに事態を飲みこんで、旅行かばんから国王の手紙や勲章、侍従の鍵を取り出してフライタークに渡した。しかし、『詩の作品』はそこにはなかった。

その詩集がライプツィヒにおいてきた箱のなかに入っていることを、ヴォルテールは知っていた。

何度も押し問答があった後、フライタークはヴォルテールに逮捕をほのめかして脅した。最終的にヴォルテールは、フランクフルトまで箱を送らせると説明し、フライタークに対して、それまでは「金獅子亭」を離れずにいる、と約束した。

フライタークはヴォルテールに対して書面で、『詩の作品』を引き渡せばフランクフルトを発って構わない、という保証を与えた。

フライタークは宿屋の主人に、ヴォルテールをしっかり監視することを誓わせていた。宿屋の主人の兄弟は、少尉としてプロイセンの軍隊に仕えていた。

フライタークは、ヴォルテールが逃亡する恐れはないと考えたようだ。六月一日に、フライタークはポツダムに宛てて次のように書いている。

「ヴォルテール氏の荷物が何個あるのかわかりませんし、自分が何を探せばいいのかわかっていません。(中略)ですから、王さまの書記官で、きちんとした調査のできる人がここに来てくださるのが、一番適切なのではないでしょうか。なんといっても、わたしは尊敬申し上げる国王陛下の直筆を、いまだ拝見したことがないのですから」

ヴォルテールが長期にわたってフランクフルトに滞在するのは避けられない状況になった。フライタークは六月五日に、こう報告している。

「ヴォルテール氏は早くも当地で友人を作り始めています。その友人たちを通して、市参事会の協力が得られるのではないかと期待しているのです。わたしが訪問した際、ヴォルテール氏はかなり尊大な態度をとりました。よその宿に移りたいと要求し、マイニンゲン公爵を表敬訪問したいと主張しました。わたしはそれを、できるだけ丁寧な言葉を使いながらではありますが、拒否しなくてはなりませんでした」

フランクフルトの書店経営者フランツ・ヴァレントラップが、まもなくヴォルテールの親しい知人に加わった。彼は「フランクフルトの国家・戦争・平和に関する報告集」というドイツ語の新聞と、「先駆け（アヴァン・クルール）」というフランス語の新聞の発行者だった。ヴォルテールは自らの書簡などを出版するのに、ヴァレントラップのジャーナリストとしての人間関係をうまく利用したのだ。

ヴォルテールは、帝国自由都市であるフランクフルト市の当局が、自分の味方になってくれることを期待していた。しかし参事会の人々には、プロイセン国王の機嫌を損なう危険を冒す気はまったくなかった。

もっとよい宿屋に移ること、そしてマイニンゲン公爵を訪問することをフライタークに禁じられてから、ヴォルテールとフライタークの関係はひどく険悪になっていた。

王の委託を受けた第二のプロイセン官吏シュミットが、エムデンへの旅から戻り、ヴォルテールを訪ねてきた。

ヴォルテールは言った。

「誰の許しを得てここに入ってきたんだ！」

シュミットは困惑し、すぐにその場から立ち去った。

プロイセン国王の手先が二人もやってきて、フランス国民である自分を帝国自由都市で法に逆らって足止めし、逮捕すると脅している――ヴォルテールの憤慨は日に日に大きくなっていった。

心の慰めが得られるのは、ゴータで執筆を始め、フランクフルトで不遇な状況におかれても書き続けていた『帝国年代記』に取り組んでいるときだけだった。

10

一七五三年六月九日、ヴォルテールの姪ルイーズ・ドゥニがフランクフルトに到着した。

そしてようやく六月十七日の日曜日になって、ライプツィヒからの荷物がフランクフルトに届いた。

ヴォルテールの秘書のコシモ・アレッサンドロ・コリーニが、荷物の開封に立ち会うために、月曜の朝にフライタークのところに行った。コリーニは、詩集を引き渡したらヴォルテールはただちに出発するだろう、と伝えた。

フライタークは六月五日にポツダムに問い合わせを出し、ヴォルテールが先にパリに送った荷物も回収してフランクフルトで検査すべきかどうか、尋ねていた。しかしこの六月十八日月曜日の時点で、返事はまだ来ていなかった。

その代わりに、この日、六月十一日付のフレーダースドルフの手紙がフライタークのもとに届いた。

フレーダースドルフはフライタークに、次のような指示を出していた。

「ヴォルテール氏がイライラして何かを言うとしても、そうしたこと一切気にとめず、上からの命令にふさわしく、きでんが始めたとおりの行動をとり続けること」
ポツダムからの新しい命令に関しては、どんなに早くても次のベルリンからの郵便が届く六月二十一日の木曜日を待たなくてはならなかった。フライタークは六月二十一日まではライプツィヒからの荷物を開封させないことにした。

六月十九日火曜日、ヴォルテールはフライタークのところに出向いた。ライプツィヒからの荷物が届いた以上、宿屋での軟禁は解かれるべきだ、とヴォルテールは主張したが、それはもっともなことであった。

しかし、フライタークはそれを認めようとしなかった。彼はヴォルテールに「金獅子亭」を離れることを禁じ、そんなことをしたらいますぐ逮捕する、と脅した。

詩集を渡したら出発できるという約束だったじゃないか、とヴォルテールはフライタークの書面を引き合いに出した。

しかしフライタークは、あんたの姪御さんが安心できるように「形式上」そういう保証をしたに過ぎない、という説明で押し切ろうとした。

フライタークはさらにヴォルテールに対して、六月二十一日の木曜日までは「金獅子亭」に閉じこもっていることを義務づけた。

ヴォルテールは、フライタークが個人的な利益を求めてこんな態度をとっているのだと、信じて疑わなかった。どうやったらフランクフルトを脱出できるか、彼はコリーニと相談した。六月十九日火曜日、ヴォルテールは宿屋からの外出を禁じられていたにもかかわらず、自らマイニンゲン公爵のフランクフルトの屋敷に出かけ、貴重品の入った箱を預けておいた。

翌日、ヴォルテールは馬車を雇い、コリーニと一緒に出発した。ルイーズ・ドゥニは「金獅子亭」にとどまっていた。

市外へと向かう途中、ヴォルテールの馬車は干し草を運搬する一団の荷車に進路を阻まれた。馬車はボッケンハイム門のところで停車した。宿屋の馬番でフライタークのスパイだった男がずっと馬車の後をつけてきていたが、ヴォルテールが雇った馬車の馬をここで取り押さえ、フライタークが一時間後に駆けつけるまで待っていた。

フライタークは自分の秘書を先に派遣していた。この秘書は、もしヴォルテールが市の境界線をすでに越えていて自発的に戻ろうとしない場合は、彼の頭に銃弾を撃ち込むよう命令されていた。

フライタークがボッケンハイム門に到着したとき、コリーニや辻馬車、馬番やフライタークの秘書の眼前で、ヴォルテールは癇癪玉を破裂させた。

「あんたと相棒のシュミットは、プロイセンに雇われた追いはぎで辻強盗だ……」

ヴォルテールとコリーニは、シュミットの家に連れていかれた。ヴォルテールはかろうじて、コリーニに『オルレアンの処女』の原稿を預けることに成功した。コリーニはその原稿を、洋服の下に隠した。

フライタークとシュミットは、ヴォルテールとコリーニから旅費と貴重品をすべて没収した。ヴォルテールのタバコ入れや懐中時計も取り上げられてしまった。彼らは二人の手鞄と、装飾品の入った小箱も取った。こうしたことはすべて、フランクフルト市当局から許可を得ることなく行われたのであった。ヴォルテールとコリーニには、預かり証も渡されなかった。

フライタークは、ヴォルテールをプロイセン大使の公邸に監禁すると宣言した。

しかしヴォルテールはこれを激しく拒否した。

フライタークがヴォルテールを正式に逮捕するためには、市当局による手続きが必要だった。上級市長のヨハン・カール・フォン・フィッヒャルトが逮捕命令を出した。シュミットはフィッヒャルトを説得して、ルイーズ・ドゥニとコリーニも逮捕されるように仕向けた。

フィッヒャルトはフライタークに、帝国都市の将校で少尉のテクストアを付き添わせた。テクストアはヴォルテールとコリーニの剣も取り上げてしまった。

人々はヴォルテールとコリーニを、悪評高い宿屋「山羊角亭」に連れていった。その宿屋は

「金獅子亭」の向かいにあった。「金獅子亭」の主人は、ヴォルテールをもう一度泊まらせることを拒んだのである。

「山羊角亭」には三つの部屋が用意された。どの部屋の前にも、フランクフルト市の兵隊が四人ずつ見張りに立っていた。

フライタークの秘書のドルンという男は、夜、およそ二十二時ごろに「金獅子亭」に行き、ルイーズ・ドゥニに対して、ヴォルテールの依頼で迎えに来た、と伝えた。三人の選抜歩兵を供に引き連れ、彼は通りを渡った「山羊角亭」にルイーズを連れていった。ルイーズが案内された部屋の前には見張りがいた。

ルイーズ・ドゥニはヒステリー性の痙攣を起こしてしまった。しかしドルンは彼女のところに侍女を送る代わりに、自ら彼女の部屋に居座ってしまった。彼は夕食と、何本ものワインを持ってこさせた。相手の厚かましい行動に対し、ルイーズ・ドゥニはただ大声で「助けて」と叫ぶことしかできなかった。

フライタークは後になって、ヴォルテールの姪がドルンに一晩中部屋にいてくれるよう頼んだのだ、と嘘の証言をした。

11

ベルリンからの郵便が届いた一七五三年六月二十一日木曜日に、フライタークはポツダムから、自分が六月五日に出した問い合わせの答えを受け取った。

「ヴォルテールが本来意図しているプロンビエールへの旅をこれ以上中断させないために、陛下は寛大にも、ヴォルテールがあらかじめきちんとした証書を貴殿に差し出して、もともとは陛下のものである本を、一定の短い期限内に確実に、オリジナルの状態で、写しを取ったり取らせたりすることなく送り返すという約束をするのであれば、そのまま旅行を続けることをお許しになる。(中略)

陛下は、この証書の文面をヴォルテールに見せ、彼がそれをきちんと実行し、署名もするのであれば、彼を平和のうちに礼儀正しく解放するおつもりである。うまくいったかどうか、わたしに最初の郵便で知らせるように。

ポツダム、一七五三年六月十六日」

すでに木曜日の午前中に、ヴォルテールは軍事顧問官フライタークに対する書面で、自分とルイーズ・ドゥニを「金獅子亭」に戻らせるように頼んでいる。「金獅子亭」ならば庭を散歩して新鮮な空気を吸うこともできるし、シュヴァールバッハ産のミネラルウォーターを手に入れることもできる。そのミネラルウォーターは、医師のル・セールが処方したものなのだ。

午後、フライタークは「山羊角亭」に出向いた。ライプツィヒから届いた荷物も、その間に「山羊角亭」に運ばれていた。フライタークとシュミットが前日違法に奪った貴重品や旅費が入ったトランクも、そこに届いていた。

ライプツィヒからの荷物が開封され、フリードリヒの詩集がヴォルテールの立ち会いのもとで封印された。フライタークがその詩集をポツダムに送ったのは四日後であった。トランクがヴォルテールに渡されたが、ヴォルテールとコリーニの旅費はなかに入っていなかった。フライタークによれば、その金は担保としてシュミットが預かっておくことになった、というのだった。ヴォルテールには逮捕の費用が借金として課されるから、というのがその根拠だった。フライタークは六月二十二日にその金額を、百九十グルデンと十一クロイツァー、と見積もった。フランクフルト市参事会が帝国都市の兵士たちを見張りに立たせたための支出だ、というのである。

六月二十一日木曜日の午後、フライタークとヴォルテールの話し合いは四時間にも及んだ。フライタークとシュミットは自分たちが違法な逮捕をしたとはっきり自覚していたので、ヴォルテールに書面で、「ここで自分に起こったことは誰にも言わないし書かない」と宣言させようとした。

フライタークはフランクフルト市の参事会に対して木曜日の午前中に、ルイーズ・ドゥニとコリーニを釈放するつもりだと伝えていた。木曜の午後、フランクフルト市の少尉テクストアが、ルイーズ・ドゥニとコリーニの釈放を伝達し、見張りの兵を二人に減らしてあとは引き上げさせるために、「山羊角亭」にやってきた。

しかし、フライタークはその間に考えを変えていた。フライタークはテクストアを邪魔して、ルイーズ・ドゥニやコリーニと話ができないようにした。そしてルイーズとコリーニには、「山羊角亭」を離れることを禁じた。

テクストアは引き上げてしまったが、少なくとも見張りの兵の大部分には帰宅の命令を出すことができた。

フライタークとシュミットは、フランクフルト市参事会に対して、つまりは上級市長のフィッヒャルトに対して、ヴォルテールの公式逮捕はプロイセン王の要請書に基づいて行われたことだ、と請け合っていた。彼らは自分たちの金を担保に入れることまでして、そのような法律的根拠となる要請書が届くように画策した。すなわち、フリードリヒの侍従長であるフレーダースドルフに、「この件に関して自分たちがこれまで行ったことに対して、寛大なるご認可」を与えてくれるように、と頼みさえしたのだ。

二人はフレーダースドルフに、自分たちで文面を書き込めるように「王の署名入りの白紙委任状」を与えてくれないか、という提案までした。彼らは、ヴォルテールを釈放した後、フランクフルト市参事会から自分たちの越権行為をとがめられることを恐れたのだ。

フランクフルトの裁判所書記官ディーフェンバッハは、六月二十八日、フライタークに対して、これ以上の遅滞なくプロイセン国王の要請書を市参事会に提示すべし、と警告した。

フライタークとシュミットは書記官をなだめた。

七月四日、ディーフェンバッハは二人のプロイセン官吏に対して、ヴォルテールを釈放するように強く勧告した。しかし、フライタークとシュミットはまだためらっていた。

しかし、七月五日になって、二人は勧告を受け入れる態度を見せた。そしてディーフェンバッハに譲歩し、監視兵を完全に引き上げさせること、ヴォルテールに「金獅子亭」への移動を許すことを伝えた。

プロイセン国王の官房では、フリードリヒがすでに六月二十六日に、ヴォルテールとルイーズ・ドゥニを釈放するように、命令を下していたのである。

12

ヴォルテールは一七五三年七月六日に、ふたたび「金獅子亭」に移った。彼は上級市長を訪問し、自分の剣を受け取った。これは、完全に自由を得たという印でもあった。

ヴォルテールは出立の準備をした。

しかし彼は、自分の旅費を取り返したいと強く願っていた。フライタークは上級市長を通じて、勾留費用を差し引いた金額をシュミットのところで受け取れるだろう、と通達していた。

ヴォルテールは公証人のミックに全権を委任し、七月七日にシュミットのところに派遣した。シュミットは、この件はフライタークにも関わるので、フライタークの秘書にも来てもらう必要があると主張した。

そういうわけで、返却すべき金銭を預かったフライタークの秘書のドルンが、公証人のミックと一緒にヴォルテールのところにやってきた。

ヴォルテールはドルンの泥棒面を目にするやいなや、旅行用のピストルを手に取ったが、そのピストルはちょうどコリーニが装塡したばかりだった。コリーニがヴォルテールの腕のなかに飛び込んで発砲を阻止し、ドルンは逃げ去った。

ヴォルテールとコリーニはその日のうちにフランクフルトを離れ、無事マインツに到着した。ルイーズ・ドゥニはパリに向かった。

ヴォルテールは七月九日、マインツからフリードリヒに宛てて手紙を書いたが、二人の文通はその後、長期にわたって中断することとなった。

自分の名と、さらにはルイーズ・ドゥニとコシモ・コリーニの名において、ヴォルテールはフランクフルトでプロイセン官吏のフライタークおよびシュミットから受けた侮辱的な振る舞いに対し、王に苦情を申し述べたのだ。

「この屈辱的な状況につきまして、わたくしどもはプロイセン国王陛下に、誰が無実の人間を国王の名において虐待し、人としての権利を軽んじたか、ということをお伝えせずにはいられないのでございます」

ヴォルテールは二度と、フリードリヒに会うことはなかった。

フランクフルトで拘禁されたことを、ヴォルテールは後に、「野蛮な東ゴート人やヴァンダル人たちの所業」と呼ぶようになる。

13

ヴォルテールにとっては、「野蛮な東ゴート人やヴァンダル人たちの所業」は、マインツへ向かった時点で終わったわけではなかった。旅費の返還がまだだったのだ。

フライタークは一七五三年七月十四日付けのフレーダースドルフの書簡を受け取ったが、フライタークにとっては喜ばしいことに、そこにはフリードリヒ大王が「ヴォルテールの言葉にもはや耳を貸さないであろう」ことは疑いの余地がない、と書かれていた。

「ヴォルテールに関しては」とフレーダースドルフは書いている。「不名誉な人物であり、国王陛下ももはや気にかけてはおられない。物品を引き渡した後には、彼がどこへ行こうと知ったことではない。もし彼がまだそちらにいるなら、勝手に騒がせておくがよい。そして、きでんのやり方については、ヴォルテールにも市参事会にもできるだけ応答しない方がいいだろう。(中略)きでんは陛下のしもべとして、最高の法に従って行動したのである。ヴォルテールの嘘や中傷など、当地においても世界のどこにおいても、相手にする者はいないだろう」

金のことがあまりにも気になって、ヴォルテールはなんともう一度、フランクフルトに戻っていった。ヴォルテールは「黄金林檎亭」に宿をとり、公証人のベーム、書店経営者のヴァレントラップ、フランクフルトの参事会員であるヨハン・エラスムス・ゼンケンベルクと相談した。このゼンケンベルクは、医者であるヨハン・クリスティアン・ゼンケンベルクの弟である。

ヴォルテールは、六月十九日にマイニンゲン公爵の屋敷に預けておいた大きな貴重品入れも、自分のところに持ってこさせた。プロイセン官吏に奪われた旅費は、戻ってこなかった。

七月二十六日、ヴォルテールはまたマインツに戻り、三週間後にカール・テオドーア・フォン・デア・プファルツ選帝侯の招きに応じてマンハイムに移動し、さらにプファルツ選帝侯の夏の居城があるシュヴェッツィンゲンに赴いた。

秋、ヴォルテールはストラスブールやコルマールの宿屋に滞在した。

ルイーズ・ドゥニはパリで、ヴォルテールがまたパリ市内に戻る許可を得るために尽力することになっていた。

しかし、ルイ十五世はこの願いを拒否した。プロイセン王の機嫌を損ねるようなことはしたくなかったのだ。

ヴォルテールのことをよく知っているルネヴィルのスタニスラウス・レスツィンスキでさえ、フリードリヒを恐れて、ヴォルテールをロレーヌに迎えようとはしなかった。

14

一七五四年の夏、ヴォルテールはプロンビエールで、痛風の症状が治まるように静養していた。

ルイーズ・ドゥニもプロンビエールにやってきた。

ヴォルテールには決まった家というものがなくなっていた。

彼はレマン湖の畔のプランジャンに館を借り、十一月半ば、ルイーズ・ドゥニと一緒にそこに移り住んだ。しかし、住んでみるとその館は彼には大きすぎた。

そのようなわけで、一七五五年二月にヴォルテールはジュネーブの市壁の外側に建つ、「聖ヨハネに向けて」と名付けられた屋敷を購入した。その屋敷は大きな庭園のなかにあり、窓からはレマン湖とアルプスが一望できた。

ヴォルテールは次のように書いた。

「ここはエピクロス（古代ギリシャの哲学者。精神的快楽を追求した）の庭に囲まれた、哲学者の宮殿。貴重な隠れ家なのだ」

ヴォルテールはその家を、「快楽館《レ・デリース》」と名付けた。

訳者あとがき

三年前の夏休み、ベルリンの書店でのこと。おもしろそうな新刊小説はないか、と探していて手に取ったのがこの一冊だった。シェートリヒ、という名前を見て、おお、と思った。健在だったんだ！　嬉しくて、いそいそとレジに持っていった。高齢の作家が書いた本には、それだけでリスペクトを感じる。彼の本ならどんな話でもOK、と思って買ってみたが、翌日読み始めてみたら、予想以上におもしろい。ページを繰る手が止まらなくなり、その日のうちに読み終えた。しかも、読みながら何度も大笑いしてしまった。意図して書いたユーモア小説というわけではなく、歴史的人物の、ほんとうにあった事件を切り取ってきただけなのに、どうしてこんなに笑えるのだろう？　そう考えているうちに、ベテラン作家シェートリヒのまなざしの鋭さや構成力の高さが見えてきた。

十八世紀のプロイセン国王フリードリヒ二世（フリードリヒ大王とも呼ばれ、ドイツでは最も親しまれている専制君主）と、フランスの百科全書派の一人で啓蒙思想家のヴォルテールが主人公になっている。二人とも、日本の世界史の教科書に必ず名前が出てくる

「超有名人」。彼らをめぐる小説というだけで、スケールが大きい感じがして、期待が高まる（作者のシェートリヒは膨大な資料を参照しており、相当な準備をして執筆に臨んだことがうかがわれる）。ただ、シェートリヒはこうした資料から、二人の偉大さというよりは、知られざる欠点や人間的な失敗の部分をうまく取り出して編集している。この小説を読むとフリードリヒ二世の見栄っ張りやフランスかぶれ、ヴォルテールの金銭への執着や計算高さ（もちろんそれは、執筆家としての自立した地位を保つためでもあったのだけれど）がわかり、二人のイメージが読む前とはかなり変わる。ヴォルテールがフリードリヒの招きを受けてプロイセン宮廷に赴いたことは、わたしも以前から知っていたけれど、その招聘がどんな顛末に終わっていたかは知らなかった。ドイツとフランスの駆け引き、腹の探り合い、ヴォルテールが双方の宮廷で果たした役割。一国の君主をうならせる、ヴォルテールの思想とそれを支える筆力。個性的な人物同士の丁々発止のやりとりの背後に垣間見える、剣（国家権力）とペン（個人の思想）のせめぎ合い。比較的短い小説であるにもかかわらず、この作品はそうした大きなテーマをいくつも包含していて、おもしろさだけではなく、歴史への深い問いも読者に投げかけてくる。

この本に描かれているとおり、実在のフリードリヒ二世とヴォルテールは、熱心に文通を続けていた。二人の書簡集はドイツ語でも翻訳出版されており（文通自体はフランス語）、シェートリヒもこの書簡集を参照し、作品中で何か所も引用している。最初に手紙を送ったのはフリードリヒ。当時はまだプロイセンの王子だった。手紙の日付は一七三六年八月八日。フリードリヒは冒頭から熱烈な尊敬の言葉を書き連ねている。

「ムッシュー、余はまだ貴殿にお会いする喜びを得ていないものの、貴殿はその作品によって、すでに旧知の方なのです。貴殿の作品は、あえて表現させていただくなら、エスプリの宝庫であり、すばらしいセンスと趣味のよさ、すぐれた技巧によって綴られ、その文章の美しさは、読み直すたびに新たに浮かび上がってきます。作品のなかに、書き手の独創的な才能が立ち現れています。貴殿は、今世紀、いえ、そもそもの人間精神にとって、真に敬意を表するに値する方です」

一国の王子からこんな賞賛の手紙を受け取って、虚栄心をくすぐられない人間がいるだろうか？　フリードリヒは当時、二十四歳。「兵隊王」とあだ名され、軍事増強に尽力したプロイセン国王のフリードリヒ・ヴィルヘルム一世の息子で、兄が二人いたが早逝したため、男の長子として国王の後継者に予定されていた。早くから音楽や文学、哲学に関心のあったフリードリヒは、厳格で暴力的な父に反発し、十八歳のときには後継者となることを嫌って宮廷から脱走しようとする。しかしすぐに計画が発覚し、王子の脱走に協力しようとした廉《かど》で、友人のカッテ少尉が処刑されてしまう。フリードリヒはその処刑を目撃するように強要され、「カッテ、わたしを赦してくれ！」と叫んだというエピソードも残っている。父王はフリードリヒをも処刑する意向であったらしいが、そのような厳しすぎる処罰を下さないよう、神聖ローマ皇帝がわざわざ密使を送って思いとどまらせた、とも伝えられている。

その後、フリードリヒは自分の運命を受け入れて父王に恭順の意を示し、父の指示に従って二十一歳で結婚（ただし、妃との仲は冷淡なもので、跡継ぎも生まれなかった）。父からはその褒美としてラインスベルク城を与えられ、ヴォルテールに手紙を出した二十四歳のころには、そこで穏やかで文化的な生活を送っていた。フルートを演奏し、作曲もし、友人の建築家に城の増改築をさせ、哲学について友人たちとサロンで語り合う。会話はほとんどフランス語だった。フリードリヒはドイツ帝国の前身でもあるプロイセン王国の王子なのに、ドイツ語の読み書きが苦手であり、ドイツの文芸にも疎かった。シェートリヒはこの本で、侍従長のフレーダースドルフに宛てて書いたフリードリヒのドイツ語の手紙を何度も引用しているが、それらの手紙は文法やスペルの間違いだらけで、小学校低学年並みである。この拙さを表現するために、わざとひらがなを使って翻訳した。逆に、もともとフランス語で書かれた手紙の方は、原書でもちゃんとした文章で示されている。

フリードリヒは女性嫌いで、サロンのメンバーは男性ばかりだった。城には図書室があり、フランスからたくさんの本が取り寄せられていた。そして、壁にはヴォルテールの肖像画が飾られていたという。ヴォルテールは正真正銘、若きフリードリヒにとってのアイドルだったのである。

一方のヴォルテールは、手紙をもらった当時、四十一歳。本名のアルエから、ヴォルテールという筆名に変えたのは一七一九年だから、二十代半ばである。それ以来、作品が評価されてフランス国王の結婚式に招かれたり、フランス王妃から年金を授与されたり、戯曲が何度も大成功を収めたりというポジティブなできごともあったが、本書にも記されている決闘事件やバスティーユ監獄への監禁、イギリスへの亡命なども体験した。筆一本で勇名を馳せつつ、波瀾万丈の人生を送っていたわけだ。ヴォルテールは独身だったが、さまざまな女性たちともつき合っていた。当時のフランスでは上流社会の人々がオープンに愛人を作っていた、という本書の記述は興味深い。池田理代子のマンガ『ベルサイユのばら』からも、フランス革命前夜の華やかな宮廷の様子がうかがえるが、ヴォルテールは王からも認められた知識人の一人として、そうした社交界に出入りしていたのだ。ただ、彼にはいろいろと型破りなところがあり、愛人であるエミリーと堂々宮廷に出入りしたり、王妃のことで失言し、逮捕を恐れて逃げ出したりと、フランスの宮廷でも「お騒がせ」な人物であったことがわかる。ヴォルテールがフランス宮廷から賜暇を得てプロイセンの宮廷に移ったとき、ルイ十五世が「こっちの宮廷から狂人が一人減った」と語った言葉がいろいろなことを物語っている。すぐれた洞察力ゆえに封建社会のくだらなさも見えてしまうヴォルテールは、優秀だけれど扱いにくい廷臣であったに違いない。そのヴォルテール、プロイセン宮廷でもたちまちスキャンダルを巻き起こしてしまう……。

彼が投資に熱心な人物であったという話もおもしろい。現代であればさしずめインターネットを駆使して投資に参加していたのではないだろうか。製紙工場に出資して利益を得、購買者を限定する宝くじが発売されれば販売総額と賞金総額を計算し、賞金総額の方が多いことを割り出して、くじを買い占めてしまう。フリードリヒにはちゃっかりプロイセンへの旅費や手間賃を請求する。そして、スキャンダルの元となったザクセン選帝侯国の債券買い取りの話。世界史の教科書ではヴォルテールはあくまで「知の巨人」であって、こんな下世話な話はまったく出てこない。しかし、当時の知識人とて霞を食べて生活していたわけはないし、原稿料収入だけでは生きていけない時代でもあった。裕福なパトロンを得るという方法もあったが（実際ヴォルテールも宮廷に仕えてはいるが）、パトロンに頼りすぎれば自由な発言が封じられる。ヴォルテールは作家としての自由を守るため、自分で自分の収入を確保しようとするのである。

フリードリヒとヴォルテールの文通に戻ろう。フリードリヒの最初の手紙は、すでにかなりの長さである（ドイツ語のペーパーバック版で三ページ半、行にすれば百行以上にわたる）。それに対するヴォルテールの返事もほぼ同じ分量。それから二人は、最初の手紙に負けず劣らずの長い手紙をやりとりし続け、生涯に二百四十五通もの書簡を交わすのである！

ヴォルテールは「回想録」のなかで、やや皮肉にこの文通を振り返っている。

「彼（引用者注：フリードリヒ）は暇にまかせて、世間に多少は知られているフランスの文人たちに手紙を書いた。その重荷の大部分が私に降りかかった。韻文の手紙があり、形而上学論、歴史論、政治論があった。彼は私を神人扱いした。私は彼をソロモン（イスラエル最盛期の賢君）として扱った。美辞麗句で形容するだけなら、お互いに一文も要らなかった。このつまらない往復書簡の幾つかは私の著作選集に集録されたが、幸いにして、総数の三十分の一も印刷されなかった。私は失礼をも顧みずマルタン（当時フランスで有名な一流漆工）の極めて美しい文具箱を王子に贈った。王子は忝けなくも琥珀製のガラクタを私に賜った。すると、パリの喫茶店に出入りする才子どもは、嫉妬に身を震わせながら、私の身代は既に出来上がったものと想像していた」（『ヴォルテール回想録』、福鎌忠恕訳、大修館書店、十八〜十九ページ）

その後、本書にもあるように、フリードリヒが即位した後、二人はライン河畔のモイラント城で最初の会見をする。もっとも、フリードリヒは折り悪しく発熱中で病の床にあった。フリードリヒが金銭獲得のためにリエージュを脅かしたことについても、ヴォルテールは耳にする。しかし、「回想録」には次のように書かれている。

「私の王に対する親愛の情は少しも減じなかった。なぜなら、王は才智があり、優雅で、その上に国王だったからである。人間的弱点といってしまえばそれまでであろうが、この最後の条件は何といっても大きな魅力である。通常の例では、君侯を褒め讃えるのがわれわれ文士である。ところが、この王は私を足の先から頭のてっぺんまで賞讃した。一方パリにおいては、デファンテーヌ師やその他の恥知らず連中が、少なくとも週に一遍は私を辱めていた」（『ヴォルテール回想録』、二十七ページ）

一国の王から熱烈な敬意を示されてまんざらでもなかったヴォルテールの気持ちが正直に記されている。またヴォルテールは、初めてプロイセン宮廷に滞在したときのことを「世界のどんな場所でも、かつて人類の諸迷信からこれほど解放されて自由に論ずることはできなかった」（『ヴォルテール回想録』、五十五ページ）と振り返っている。フリードリヒの宮殿ではリベラルな議論を行うことができ、ヴォルテールにとって（少なくとも当初は）居心地がよかったことがうかがえる。

この小説は、ヴォルテールがプロイセン宮廷に三年近く滞在するうちに軋轢が高まり、ついにフリードリヒと訣別するところで終わっている。だが、交流が完全に途絶えたわけではなかった。ここで少しだけ後日談を紹介したい。ヴォルテールがマインツからフリードリヒに出した、プロイセン官吏の暴虐を訴える手紙（本書でも言及されている）は、二人の文通のなかの百五十七番目。この手紙に対するフリードリヒの返信はなかったようで、シェートリヒもここでしばらく文通が途絶えたと本文中で示唆している。ただ、中断期間は思ったほど長くはなく、翌年の三月、ヴォルテールの方からまた手紙を出しているのである！　この手紙に対してフリードリヒはすばやく返事をし、ヴォルテールが送ってくれた著書への感謝の言葉も述べている。この後、二人の文通は以前ほど頻繁ではないにしても数か月おきくらいにぽつぽつと続き、ヴォルテールの死の年まで至っている。ヴォルテールがフリードリヒに出した最後の手紙（往復書簡の二百四十五番目）は一七七八年四月一日付けで、発信地はパリだった。日本語に翻訳された『ヴォルテール書簡集』（髙橋安光編訳、法政大学出版局）は千三百ページ以上のボリュームを誇るが、フリードリヒへの最後の手紙がそこにも収められている。この年の二月に吐血をし、我が身の衰えをひしひしと感じていたヴォルテールは、啓蒙期の哲学の功績を振り返りつつ次のように書いている。

「したがって、陛下、まさしく人間たちはついにみずから啓発し、彼らを盲目にしたつもりの連中も自分らの眼をくり抜くことはできなかったのです。陛下に神のお恵みがあらんことを。あなたは迷信をご自分の敵のように打破し、あらゆる分野の体制を整えられました。あなたは迷信の征服者、ゲルマンの自由の支えであります。

私よりも長生きされ、あなたが築かれたあらゆる支配権を固めてください」（『ヴォルテール書簡集』、千二百八十五ページ）

ヴォルテールはその手紙から約二か月後、五月三十日に八十三歳で亡くなっている。フリードリヒは当時、バイエルン継承戦争に関与して忙殺されていたが、秋にはヴォルテールに対する弔辞を自ら執筆し、ベルリンのアカデミーで朗読させた。往復書簡集の巻末に収められたこの弔辞は二十ページにもわたっている。知性が正しく評価されて文芸が興隆したギリシャ古典時代のことから語り始め、ソクラテスやホメロス、ソフォクレスやアイスキュロスの名を挙げた後、ローマ時代に言及、さらにヨーロッパの宮廷における知識人の活躍に触れてから、フリードリヒはヴォルテールの生涯と作品をかなり丁寧に紹介する。そして、一七五〇年にヴォルテールがプロイセン宮廷に来たときのことについては、「彼には知らないことなどなかったし、彼との会話は愉快でもあり、学ぶところの多いものでもあった。想像力は豊かできらめいており、精神の働きは敏速かつ沈着であった。彼の優雅な夢想は、ある種の無味乾燥な話題にも潤いを与えた。一言でいえば、彼はどんな場にいても人々に至福の喜びをもたらしたのである」と絶賛した。ちなみに、彼がプロイセンを去ったときのスキャンダルには一切触れず、ただモーペルトゥイとの対立があったとだけ述べるにとどめている。

ヴォルテールがプロイセンを去って以来、フリードリヒとヴォルテールは二度と相まみえることはなかったが、結局は文通を続け、生涯、愛憎入り混じるときはあったにせよ、ある種の友情で結ばれていたように見える。少なくとも、親愛と尊敬の念をもってフリードリヒが彼の死を悼み、弔辞において熱弁をふるう姿には、ヴォルテールとの知己をひけらかして自慢しようとするような卑しい野心はもはやうかがえない。フリードリヒもこの時点ですでに六十代となり、多くの友を失い、権力者の栄光と孤独をたっぷりと経験した後だった。若き日に傾倒した思想家の死を悼むプロイセン国王の姿は、ヴォルテールの著書などおそらく一冊も読まなかったであろうフランス国王に比べれば、はるかに共感を呼ぶのではないだろうか。

このように、実際にはその後の人生において和解した二人だが、シェートリヒは両者の葛藤が最も高まった日々に焦点を当て、それぞれの個性を際立たせている。フリードリヒ大王は、現代でもドイツでは「フリッツ」という仇名で呼ばれ、大人気の歴史的人物である。ベルリンの目抜き通りウンター・デン・リンデンにはフリードリヒの大きな騎馬像が建っているし、第二次世界大戦で破壊され、戦後完全に取り壊されてしまったベルリンの城が、その近くに再建される予定にもなっている。ベルリンからローカル線で二十分ほどのポツダムへ行けば、サンスーシ宮殿など、フリードリヒが暮らした当時の建築物が、世界遺産として多くの観光客を迎えている。フリードリヒの墓もそこにあり、いつ行ってもバラの花やじゃがいもが供えられている（フリードリヒには南米のじゃがいもをドイツに導入することで、飢饉の年にも食糧を確保できるようにしたという功績があるため）。東西ドイツ再統一からほぼ二十五年が経ち、ドイツは新たな歴史ブームを迎えている。ナチ時代のネガティブな過去ではなく、もっと輝かしい過去に、人々の目は向けられようとしている。そんなななかで、シェートリヒはそうしたブームに便乗するというよりも、「ちょっと待てよ」と声をあげているように見える。『反マキャヴェリ論』を書き、ヴォルテールに私淑しつつも、戦争による領土拡大という手段を捨てなかったフリードリヒ。そのフリードリヒの、政治家としての残酷さや虚栄心も、この本ではしっかりクローズアップされているのだ。

この本の作者ハンス＝ヨアヒム・シェートリヒは一九三五年十月八日にザクセン州のフォークトラントで生まれた。戦後は東ドイツのベルリン大学とライプツィヒ大学でドイツ文学と言語学を学び、博士号も取得している。一九五九年から七六年まで、東ベルリンの科学アカデミーで研究員を務め、音声学に関する学術的な著書も出している。一九七六年秋、作家でシンガーソングライターのヴォルフ・ビアマンが東ドイツの市民権を剝奪される事件が起こると、シェートリヒは他の多くの文化人と一緒に、政府に抗議する声明に署名した。しかし、そのことがきっかけで職を失い、秘密警察の監視下に置かれるようになる。フリーの翻訳家として糊口をしのいでいたが（オランダ語からの翻訳出版がある）、翌年夏にギュンター・グラスの援助で西ドイツにおいて作家デビュー。デビュー作は西では高い評価を受けたものの、東ではますます弾圧が強まり、ついにその年の十二月、出国許可を得て西ドイツに移住した。戦争と東西冷戦によって辛苦を味わった知識人の一人である。

その後、西での作家活動によってハインリヒ・ベル賞やクライスト賞など多くの文学賞を受賞、昨年（二〇一四年）もベルリン文学賞と連邦功労十字勲章を授与されている。娘の一人スザンネも、二〇〇九年に自伝的小説で作家デビューした。

わたしはシェートリヒが一九九二年に出版したポストモダン的な実験小説『ショット』について論文を書いたことがあり、シェートリヒに親しみを感じていた。一九九五年にカナダのバンクーバーで開かれた国際ゲルマニスト会議に参加した折り、シェートリヒがあるシンポジウムのパネリストとして招かれていた。テーマはたしか「言語と権力」だったと思う。その席でシェートリヒはいきなり、同じくパネリストとして招かれていた作家のモニカ・マロンを厳しく批判し始めた。彼女が東ドイツ時代に秘密警察に協力していた、という過去が明るみに出てから間もない時期である。弾圧を受け、出国を余儀なくされた苦々しい思い出が、彼のなかでまだ渦巻いていることが感じられる激しい攻撃だった。東ドイツ出身の作家たちのあいだに走る亀裂を目撃した印象的な体験だったが、シンポジウム自体は彼の発言のせいで寒々とした雰囲気になったという記憶がある。

そんなシェートリヒの作品を、二十年後に訳す機会があろうとは。彼は器用な作家で、シリアスな歴史小説も、シニカルな老人小説も、ストーリーのない実験小説も書けてしまう人だが、本書はいわば「史伝」と呼びたくなる作品だ。淡々と歴史的事実だけを並べており、作者自身のコメントは非常に少ない。しかし、どのような事実をどんな角度で描くかで、彼の共感の所在は充分明らかになっているだろう。森鷗外が晩年に「史伝」というジャンルに親しんだことを、ふと思い出した。

本書では短い記述からも、登場人物たちの特徴が生き生きと見えてくる。あとがきではヴォルテールとフリードリヒのことばかり書いたが、ヴォルテールの恋人であるエミリー・ド・シャトレもたいへん魅力的な女性であると思う。

翻訳にあたっては、企画の段階から最後の最後まで、編集者の佐々木一彦さんに大変お世話になった。校閲者の岡本勝行さんには、ドイツ語とフランス語の固有名詞が入り乱れるテクストを綿密にチェックしていただき、たくさんのご教示をいただいた。フランス語のカタカナ表記に関して、若き同僚の堀千晶さんにも教えを乞うた。そして、元同僚のエーバーハルト・シャイフェレさんからは、フリードリヒとヴォルテールの往復書簡やフリードリヒの弔辞の存在を教えられた。これらの方々と、支えてくれた周囲の人たちに、心から感謝したい。

二〇一五年二月

松永美穂

Hans Joachim Schädlich

“SIRE, ICH EILE...” VOLTAIRE BEI FRIEDRICH II.
EINE NOVELLE
Hans Joachim Schädlich

ヴォルテール、ただいま参上《さんじょう》！

著者
ハンス＝ヨアヒム・シェートリヒ
訳者
松永美穂
発行
2015年3月30日

発行者　佐藤隆信
発行所　株式会社新潮社
〒162-8711 東京都新宿区矢来町71
電話 編集部 03-3266-5411
読者係 03-3266-5111
http://www.shinchosha.co.jp

印刷所
株式会社精興社
製本所
大口製本印刷株式会社

乱丁・落丁本は、ご面倒ですが小社読者係宛お送り下さい。
送料小社負担にてお取替えいたします。
価格はカバーに表示してあります。

ISBN978-4-10-590117-2 C0397

週末

Das Wochenende
Bernhard Schlink

ベルンハルト・シュリンク
松永美穂訳

かつてテロリストだった男が、二十年ぶりに出所した週末。
旧友たちの胸に甦る、裏切り、恋、自殺した家族の記憶。
明らかになる苦い真実と、静かに湧き上がる未来への祈り。
『朗読者』の著者による、「もう一つの戦争」の物語。

夏の嘘

Sommerlügen
Bernhard Schlink

ベルンハルト・シュリンク
松永美穂訳

避暑地で出会った男女。人気女性作家とその夫。
疎遠だった父と息子。老女とかつての恋人――。
不意にあらわになる、大切な人への秘められた思い。
秘密と嘘をめぐる七つの物語。十年ぶりの短篇集。

CREST BOOKS

黙禱の時間

Schweigeminute
Siegfried Lenz

ジークフリート・レンツ
松永美穂訳

ギムナジウムの講堂で開かれている追悼式。

美しい教師はもういない。遺影を見つめる少年に、ひと夏の愛の記憶が甦る――。本国ドイツで大ベストセラー。

巨匠レンツが贈る、海に彩られた物語。

CREST BOOKS